相约名家·冰心奖获奖作家作品精选

高长梅　王培静◎主编

寄钱

白旭初　著

九州出版社
JIUZHOUPRESS

全国百佳图书出版单位

寄钱

图书在版编目（CIP）数据

寄钱 / 白旭初著. —— 北京：九州出版社，2013.5（2021.7 重印）
（相约名家·冰心奖获奖作家作品精选 / 高长梅，王培静主编）
ISBN 978-7-5108-2068-7

Ⅰ.①寄… Ⅱ.①白… Ⅲ.①小小说 – 小说集 – 中国 –
当代②短篇小说 – 小说集 – 中国 – 当代 Ⅳ.①I247.7

中国版本图书馆CIP数据核字（2013）第084635号

寄钱

作　　者	白旭初　著	
出版发行	九州出版社	
地　　址	北京市西城区阜外大街甲35 号（100037）	
发行电话	（010）68992190/3/5/6	
网　　址	www.jiuzhoupress.com	
电子信箱	jiuzhou@jiuzhoupress.com	
印　　刷	北京一鑫印务有限责任公司	
开　　本	710 毫米×1000 毫米　16 开	
印　　张	10	
字　　数	144 千字	
版　　次	2013 年 5 月第 1 版	
印　　次	2021 年 7 月第 7 次印刷	
书　　号	ISBN 978-7-5108-2068-7	
定　　价	36.00 元	

出版说明

　　冰心是我国现代文学史上著名的作家,她的儿童文学作品和散文在中国文学史上占有重要位置。

　　这里所说的"冰心奖"包括"冰心儿童文学艺术奖"和"冰心散文奖"。

　　"冰心儿童文学艺术奖"创立于 1990 年。创立以来,它由最初的单一儿童图书奖,发展为包括图书、新作、艺术、作文四个奖项的综合性大奖,旨在鼓励儿童文学作品的创作出版,发现、培养新作者,支持和鼓励儿童艺术普及教育的发展。其中,"冰心儿童文学新作奖"与"宋庆龄儿童文学奖"、"陈伯吹儿童文学奖"、"全国儿童文学奖"并称国内四大儿童文学奖。

　　"冰心散文奖"是一项具有权威的全国性的散文大奖。冰心生前曾是中国散文学会名誉会长,"冰心散文奖"是遵照其生前遗愿而设立的,旨在彰显我国散文创作的成就,不断评选出题材广泛、思想敏锐、着力表现现实生活,创作形式风格多样的优秀散文。"冰心散文奖"是与"茅盾文学奖"、"鲁迅文学奖"并列的我国文学界散文类最高奖项,也是中国目前中国散文单项评奖的最高奖。

　　《相约名家·冰心奖获奖作家作品精选》共收录近年来荣获"冰心儿童文学艺术奖"和"冰心散文奖"的三十位作家的作品。这些作品无论是小说还是散文,或抒写人间大爱,或展现美丽风光,或揭示生活哲理,或写实社会万象,从不同角度给青少年读者以十分有益的启迪。

　　随着中小学课程改革的深入与发展,让中小学生多读书、读好书早已成为共识。我社推出本套大型丛书,希冀为提升中国的基础教育、为青少年的健康成长尽一份力。

九州出版社

CONTENTS

目录

CONTENTS

目录

CONTENTS

目录

第五辑　**这是怎么回事儿**

第六辑　**人生转折点**

CONTENTS

目录

第七辑　　**好一朵茉莉花**

第一辑

Mai Shi Zhuang De Da Gong Mei

卖时装的打工妹

小保姆

园园十五岁，家在偏僻的山区农村，那里很穷。这几年，村民中胆大的满世界跑，发了财，盖了新房。园园也想看看大世界，也想赚钱。她妈不许她去，说赚钱很辛苦，说她还小。园园说我去当小保姆。妈更不依，说听说城里男人坏，姑娘家吃了亏还做不得声哩。园园不死心，悄悄拜托人给找个好主儿。主儿很快找到了，是个七十多岁的老头。老头家里富裕，但儿女不在身边。园园又恳求妈让她去，这回妈同意了。

园园走时，妈又悄悄嘱咐说，老家伙也要防着点。园园点点头。

老头是个退休干部，前年中风后半身不遂，多方医治后，也只能拄着拐杖蹒跚移步。老头的嘴巴向左歪斜，说话咕咕哝哝的，吐字不很清楚。老头眼力也不济，不能看书看报看电视，除了吃喝拉撒，就是傻傻地坐在沙发上消磨时光。

园园的工作是照顾老头的起居吃喝。事情不是很多。一个时辰的事做完了，就坐在老头对面的椅子上，守护着老头，听候老头差遣：倒开水呀、给药丸呀、倒痰盂呀等。园园有时觉得日子很寂寞，但想起一个月除开吃喝，还能挣两百块钱，心里便很高兴。

老头的儿女星期天来看老头，还嘱咐园园一日三餐要按时。老头家里的钟坏了，好在老头有块手表。园园怕误事，便时不时问："爷爷，什么时候

了？"老头眼力差,懒得费神去找表上的字,便把左手颤颤地伸直,搁在沙发扶手上,让园园看表。这只表很精致很漂亮,金光闪闪的,字盘上面除了有日期,还告诉你今天是星期几。园园问老头,怎没见过上发条?老头咕咕哝哝说是自动表,只要戴在手上,不用上发条的。园园听后咂咂嘴,很惊奇。园园想,妈要是有一块表就好了,就不用看太阳定时辰了。园园问老头表值多少钱?老头又咕咕哝哝说要上千元呢!园园便"哦"地叹口气,很扫兴。

老头说不好话,也很少说话,整天眯缝着眼,一动不动坐着,好像在打瞌睡,又好像在想想不完的心事。有时高兴了,也咕咕哝哝跟园园聊上几句。园园仔细听才听得明白:老头问她家有几口人呀?父亲母亲好吗?你怎么不读书呀?园园觉得老头很可怜也挺和善的。园园还觉得妈的嘱咐很可笑。

一天,园园从厨房出来,问:"爷爷,什么时候了?"

老头刚把左手伸直,又弯了回去,随即把表摘了下来,递到园园面前,结结巴巴说:"给,你……戴上……"

园园一惊,忙往后跳一步,说:"不!"

"你,你戴上……省、得、问……"

园园警觉地说:"这,我不要!"

老头竟扶着拐杖,从沙发上站起来,连连说:"你,拿,拿去,戴,戴上……"园园赶紧逃到厨房去了。

晚上,园园第一回失眠了。妈的嘱咐在耳朵边响起:老家伙也要防着点,老家伙也要防着点!是呀,把这样金贵的表给我戴,什么意思?园园心里很害怕。

每天,一个时辰的事情忙完了,园园仍坐在老头对面的椅子上,只是椅子离沙发更远了点。还是那些事情:倒开水呀、给药丸呀、倒痰盂呀,等等。园园做这些事的时候小心翼翼的,生怕自己的手碰到老头的手。老头的手枯瘦如柴,青筋暴凸的。园园真担心那手会突然抓住她。

园园不再问"爷爷,什么时候了?"瞅见老头无意识地把左手搁在沙发扶手上时,就站起身远远地盯一眼表,看一看时间。有时就趁上街买菜时,向邻居问一问时间。

园园提心吊胆地过着日子。

园园是在一天晚上发现老头有不轨行为的。近两天，北风呼啸，大雪纷飞，老头怕冷，便整天躺在床上。

这天晚上，园园忙完家务活，刚回到老头隔壁的小房里睡下，忽听老头哇哇叫起来。园园赶紧跑过去，意外发现老头满面绯红，样子十分激动。园园忙问什么事？老头用手拍着床铺，嘴里咕咕哝哝。园园没听明白，又问有什么事？老头急了，一把抓住园园的手，抓得很紧，身子还用力往上抬起，差一点把园园拉趴在床上。老头嘴里还咕哝着："床……上……快……快……"

园园只觉得脑袋里嗡嗡直响，一切都明白了！这该死的老家伙！园园使劲挣脱老头的手，想也没想就逃了出去。

园园在火车站待了一夜。她越想越害怕。她决定不在老头家干了。

早晨，园园回老头家收拾自己的东西。在门口遇上了邻居。邻居责问她昨晚跑到哪儿去了？要不是他们听到哇哇叫喊声砸开门，老头险些让电热毯给烧死了。

园园一下子愣住了。是她忘了把电热毯开关调到低档位置上。

卖时装的打工妹

繁华的步行街上有家专卖女装的小店，只有一名售货员，是个十六岁的

从农村来的小姑娘，名叫巧巧。巧巧聪明伶俐，读书成绩特好，因爹妈患病，没钱读高中就辍学了。只得托亲戚帮忙进城打工。

前几天，店主张老板从长沙购进了一批新款时装，销路还不错。不知是张老板大意还是巧巧疏忽，把"织女牌"高档女装的价格标签与另一个品牌的女装价格标签贴颠倒了，当发现出了差错时，"织女牌"女装已被巧巧卖出去了十二套，张老板每套服装亏了五十元，只得找巧巧责骂，你怎么这么粗心大意呢？我不赚钱也不能亏本呀，这亏本的钱你来赔！一套服装赔五十元，十二套服装就是六百元。巧巧一边抹眼泪一边说，老板，如果全都是我的错，我也没钱赔呀。张老板没好气地说，你还敢顶嘴，没钱赔，你明天就别来上班了！

巧巧回到住处哭了一夜，她打工是为了赚钱给爹妈治病，好不容易找到这份工作，她不想失去它。

第二天一早，张老板刚打开店门，就见巧巧慢慢走进店来。巧巧用红肿的双眼看着老板，怯怯地说，老板，我想把您亏本的钱追回来。张老板像看着一个怪物似的盯着巧巧说，你做梦说梦话吧！你以为你是神仙？巧巧说，您让我试试好吗，追不回钱，我给您打工白干不要钱。我签字画押行不？张老板听巧巧这么一说，倒是消了点气，缓和了一下口气说，你说说用什么法子追回少收的钱。巧巧狡黠一笑说，暂时保密，不能告诉你。张老板想了想说，要得。只要能追回钱就行。巧巧又说，老板，我还有两个小小的要求。张老板说，你说吧。巧巧说，第一，请您把"织女牌"女装进货发票让我用用；第二，您这几天不得到店里来。张老板反问说，你来当老板？巧巧认真地说，您不在这儿，我才好实施我的计划。张老板心想，巧巧是熟人介绍来的，谅她也不敢又弄出是非来。于是说，好，我依你。省城有一批货，我正好要去取，要一周才能回来，你就再给我照看几天店子吧。告诉你，可别再给我添乱！

第二天，等张老板一走，巧巧便把自己写的一则退款公告贴在店门口。公告说：我店近日卖出了数套"织女牌"高档女装，由于售货员疏忽贴错了价格标签，每套服装多收了五十元，望购买者速来我店办理退款手续。请各位顾客带来所购服装以便验证。公告上的"多"字很大，是用红笔写的，十分醒目。

这天是双休日，步行街上人来人往，许多人都被这一则与众不同的公告吸引住了，人们一边细看公告内容一边议论纷纷，都说无奸不商，装进口袋的钱还拿出来，这等好事少见！

巧巧一边整理衣架上的时装，一边观望店外的动静，看有没有前来领取退款的人。巧巧正想着，就有一个中年女人用塑料袋子提着衣服来退款了。凭印象，巧巧记得这个女人是在店里买过女装的，在验证了服装款式、问了购买时的价格后，巧巧很委婉地说，阿姨，真的很对您不起，我是从农村来的打工妹，前几天，我一不小心贴错了价格标签，把老板的衣服贱卖了，老板要我赔钱，放牛娃哪能赔得起牛呀！我爹妈还躺在病床上没钱吃药呢。为了找到您，我颠倒黑白说了假话，请原谅我这个乡下妹吧，您骂我打我都行！巧巧说着说着眼圈就红了，禁不住流下了泪水。听说女装还要加钱，这个女人心里虽然不怎么乐意，但看了巧巧递过来的进货发票，再掏出五十元，自己买的衣服也只是进价，仍占了便宜，于是补交了五十元。巧巧提出这件事还请她暂时别声张出去，这个妇女也答应了。

只四天时间，到这家店里购买过"织女牌"高档女装的顾客差不多都来了。她们都被巧巧的遭遇和聪明给感动了，都补交了少付的五十元钱。只有一位顾客一直没有露面，很可能是外地人了。

张老板回来了解到此事后，连连称赞巧巧聪明。不仅没有辞退巧巧，还给巧巧增加了工资。

四川佬

我们这里称呼外省的人喜欢在后面加一个"佬"字,比如,广东佬、湖北佬、江西佬,等等。词典上说"佬"字有轻视的意思,我们这里不那么认为,还觉得这样叫挺亲切的。

张安是从四川万县农村来湖南打工的。局里盖宿舍楼时,张安在建筑队里干临时工,挑砖挑砂挑水泥。宿舍楼竣工后,建筑队撤走时,局长叫住张安说:四川佬,我们局里缺个看大门的,干不?

张安不假思索地说:要得,要得!

局长说:工资每月四百元,不嫌少吧?

张安说:郎个嫌少呢? 要得,要得。

局长说:不光看门,还要烧开水、搞卫生、清运宿舍区垃圾哩!

张安说:要得,要得。

局长又说:看门就你一个人,没什么上班下班之分,节假日也不休息的。

张安还是连声说:要得,郎个要不得呢!

张安很卖力,深夜十二点关大门睡觉,第二天天不亮就起床了。先把开水炉捅燃,然后就去扫院内空坪,扫办公楼过道,冲洗公用卫生间;接着推着斗车到职工宿舍区清运垃圾箱内的生活垃圾,垃圾要拖到大门外一百米远的垃圾中转站。宿舍区的垃圾很多,一天要拖两车。

分内的事,张安肯卖力气,分外的事,也肯卖力气。局里分木炭或换液化气时,他见年岁大的干部搬运很费劲,就主动帮忙把一麻袋一麻袋木炭或一钢瓶一钢瓶液化气扛上二楼三楼。一些年纪轻轻的干部也喊张安:四川佬,帮忙扛扛,要得不? 张安也不计较,连忙说:郎个要不得哩? 要得要得! 扛着木炭或钢瓶上四楼上五楼上六楼,累得满身大汗、满身是灰。人家说声谢谢,他就说这有啥子要紧嘛! 人家给他烟抽他便连连摇手说:抽烟是烧票子呢,不会不会。

局里的人都喜欢四川佬,说他人老实,干活一个顶俩。

局长听了这话满脸都是笑,说我看人还会错吗?

局长当初看中张安,是因为多次瞧见张安歇工后,还在建筑工地上转一圈,把丢弃的短铁丝、弯铁钉、小木板什么的收拢来,送到基建材料仓库里去。嘴里还嘀咕说:丢了可惜。

局长背地里说:四川佬这人挺细心的,看大门就要这号人。

局长有时到传达室坐坐,和张安拉拉家常话。局长说:四川佬,家里还有人吗?

张安说:有。母亲生病,瘫在床上好几年了,还有个 16 岁的妹子,干农活。

局长同情说:四川佬,好好干,以后给你加工资。

张安笑眯了眼,说:多谢局长!

张安对看大门这个工作很满意。扫扫地、烧烧开水、拖拖垃圾,比起干农活,比起挑砖挑沙挑水泥不知轻松多少倍了。更令张安喜欢的是每天清运垃圾时,他都有收获:矿泉水瓶、装过苹果或梨的纸箱,还有易拉罐和啤酒瓶。这些东西可以卖给收购废品的。矿泉水瓶一个卖五分,啤酒瓶一个卖一毛,纸箱更值钱,一斤就能卖三毛。张安算了算,每隔十天半月,他就有十多元额外收入。当然,这些情况,局里的人是不知道的。张安每天清运垃圾时,局里的人还没起床。张安把拾捡的东西放在传达室后面的旮旯里,待攒够了一定数量再卖。

一个星期天上午,局长在院内溜达时,看见张安提一个鼓鼓囊囊的大编织袋从传达室走出来。

局长走过去问:四川佬,包里是什么?

张安说:捡的破东烂西。

局长问:干啥?

张安说:卖钱。

局长这才发现大门外停着一辆收破烂儿的三轮车,车旁站着个提一杆秤的老头儿。

张安见局长盯着他,忙用脚踢踢编织袋,编织袋里便咣咣响。张安说:都是从宿舍垃圾箱里捡的矿泉水瓶子、啤酒瓶子和易拉罐。

张安又指指早已搬到三轮车旁的一堆纸板说:这些苹果、梨、啤酒纸箱也是从垃圾箱里捡的。

一会儿,张安从收破烂儿的老头儿的手中接过十多元钱。

局长说:外快还不少呢!

局长又说:四川佬,以后上班别干私事!

张安本想解释说今天是星期天呀,又马上想起自己是没有星期天不星期天的,便点头说:要得,要得!

局长临走,又脸色严肃地说:四川佬,我们这里是机关,你也算是个工作人员了,上班捡破烂,影响不好!

张安红着脸嗫嚅说:不了,以后不了。

张安真的不捡破烂了。每天清晨,张安清运垃圾时,不再把矿泉水瓶、啤酒瓶、易拉罐、纸箱挑出来,都统统拖到垃圾中转站倒掉了。

一天,张安收到妹子的来信,信中说因没有钱买药,母亲的病更重了。张安几夜没睡好。

这天,张安到垃圾中转站时,发现已有两三个人站在那儿,见了他,便一哄而上,争抢垃圾里的矿泉水瓶、啤酒瓶、易拉罐、纸箱子。原来也是捡破烂的。

张安见了很不是滋味,心想:这不是送票子给别人吗?张安舍不得这些东西。

第二天,张安清运垃圾时,又把易拉罐啤酒瓶之类的东西挑出来。为了不被局长看见,他把这些东西藏在床下面。等攒多了,就叫收破烂儿的老头儿晚上来。

没有发现不了的秘密。张安捡破烂的事还是被局长知道了。局长很生气。局长决定辞退张安。局长背地里说:四川佬贪图小利,今后局机关,局宿舍不知会出什么事呢!

不久,局里又来了个看大门的,是个老头,也是农村的,是政府办一个头头的远房亲戚。

局长笑嘻嘻对老头儿说:老伯,现在你的工资是六百元,好好干,以后再给你加工资!

老头儿不哼不哈说:好,好。

没几天,局长惊奇地发现,这老头儿也捡矿泉水瓶、易拉罐、啤酒瓶……

农民父亲

旺老倌的儿子回来了。

儿子在城里当局长。和儿子同来的还有两个年轻人,一个是秘书,一个是办公室主任。

儿子说:爹,稻要几天才能割完?旺老倌说:三天。儿子指指秘书和办公

室主任,说:加上我们三人,一天就能割完——双休日,我们特地来帮忙的。

上个月,旺老倌答应割了稻就进城跟儿子过。儿子说请人割吧,旺老倌说什么也不肯,说这是最后一次割稻了。

老伴去世后,旺老倌一个人守着乡下老屋,太孤单。

儿子被唤醒时,屋里还黑咕隆咚的。

旺老倌把三顶草帽递给儿子,儿子看了看颜色灰暗的草帽,没接。旺老倌说:拿着,小心晒破头。儿子的手刚伸出又缩回去。旺老倌说:嫌脏?儿子指指秘书和办公室主任身边的编织袋,说:我们有。旺老倌生气地一扬手,三顶草帽飞到角落里。

太阳悬在无一丝云的空中,没有风。目不转睛的话,可以隐约看见地面上蒸腾着的缕缕热焰。

儿子才割了五六米远就气喘吁吁了,他直起腰,发现父亲已把他拉下十多米远。他扭头看秘书和办公室主任,他俩早已满脸汗水直起腰,摘下宽边白色遮阳帽使劲扇风。儿子就说:歇歇吧。又大声喊:爹,快过来喝口水!旺老倌仍撅着屁股挥舞着镰刀,头也没抬。

旺老倌一直割完半块田才来到大榕树下。儿子急忙从编织袋里拿出一瓶矿泉水,旋开盖子递过去。旺老倌没接,他用汗味很重的毛巾擦了脸和脖子,然后从陶罐里倒出一碗大叶茶,一口气喝光后说:你那水好喝些?儿子说:好喝,不是普通的水,两块多一瓶。旺老倌咕哝:粮食比水贱。

儿子听父亲说话很冲,没敢再开口,默坐了一会,又挪回到秘书和办公室主任身边,说:这稻今天只怕割不完。

秘书赶忙说:局长您放心,等会儿我们努力干。

儿子说:只怪我爹脾气倔,几亩田,请几个民工一天就割完了,他偏不答应。

办公室主任赶紧说:局长,没关系,你爸爸都能干,我们……

儿子压低嗓门说:你能和他比?他干了一辈子,干惯了……儿子还要说下去,忽听父亲重重地干咳了一声,忙刹住话头。

旺老倌立起身,戴上草帽。秘书和办公室主任跟着站起来。儿子说:别忙,涂了防晒霜没有? 秘书和办公室主任回答说:涂了。儿子又说:再多涂点,小心晒伤! 嘴里要多含些人丹,小心中暑……啊,爹,您要人丹吗?

旺老倌把一只飞到脚边的蚱蜢狠狠踢了一脚,头也不回,大声说:城里人才是人!

秘书悄悄说:局长,您爹好像不高兴。

儿子说:没事,他就是这脾气,有口无心。

夜已经很深了。儿子躺在又闷又热的蚊帐里,睡了不到半个时辰就醒了。听见咳嗽声,才知道父亲还在门外纳凉。儿子走出门,说:爹,还不去睡? 旺老倌闷闷地说:睡不着。儿子说:爹,晒谷,交粮的事您别担心,我跟隔壁的根叔说好了……明天上午割完稻,下午我们就可以进城。

旺老倌扬起手中的蒲扇,指着儿子,说:要他替我干? 我自己干不好? 儿子听出父亲话里有话,急了,说:爹,您这是……

旺老倌粗声粗气地说:我,我命贱!

黑暗中,儿子看不清爹脸上的表情,听口气,火气很大。

儿子的心里陡地有些发凉。

双胞胎

大大和小小是双胞胎,五岁了,都是男孩。长得一模一样,吃的、穿的、用的也都一模一样:吃饭是绿色带把儿的搪瓷碗,喝茶是红色塑料水杯。不

钱

知从何时起,大大和小小都对这些"一模一样"不满意起来。一天,他俩一同去问妈妈。

大大说:"妈妈,怎么老给我和小小买一模一样的东西呀?"

小小说:"妈妈,这东西一模一样,我的他的分也分不清呀!"

妈妈很害怕孩子们的提问,有些提问很不好回答。譬如,有时候问:"妈妈,爸爸怎么还不回来呀?小朋友都有爸爸,我们也要爸爸。"就把妈妈给难住了。

今天的提问难不倒妈妈。妈妈说:"你们是双胞胎,是一同来到人间的。对待你们呀,就是该一模一样,不能偏了心眼儿,不然的话……"

妈妈说着说着突然停住了。见妈妈留了半截话,大大和小小忙催问:"妈妈,说呀,不然就怎么样呀?"

妈妈犹豫了一会儿,"如果偏了心眼儿,你们中就有一个会生气的,另一个没了伴儿,也就不好玩了……懂了吗?"

大大和小小茫然地瞪大眼睛,想了想,都莫名其妙地点点头。

一天,妈妈对大大和小小说,我带你们去外婆家。大大和小小高兴得又蹦又跳。妈妈常常去外婆家,这是第一次带大大和小小去。大大和小小跟着坐了一阵子汽车,下车后又在一条简易公路上步行。在一个拐弯处,妈妈说在路边休息一会儿,便都坐在草地上。没过多久,公路那头排着队走过来一大群人。

大大和小小眼尖,异口同声叫起来:"妈妈,你快看,好多双胞胎,好多双胞胎来了!"

妈妈早就看见了。那是一支警察押着的劳改犯人队伍。犯人们剃着光头,穿着一色的黑衣黑裤。

妈妈站起来,同时也把大大和小小从草地上拉起来,小声说:"这不是双胞胎……"

没等妈妈说完,大大和小小争先恐后地嚷道:"是双胞胎。穿一模一样的衣服,是双胞胎!"

妈妈被孩子们的话逗得苦笑了一下，说："他们是犯人……是坏蛋！"

"什么是犯人呀？"大大和小小问。

"这些人呀，有的偷东西，有的耍流氓，有的打人……都坏得很！"妈妈说。

犯人队伍已走到大大和小小面前。有一个高个子犯人突然离开队伍，弯腰系鞋带子，还抬起头愣愣地盯着大大和小小的脸，眼睛一眨也不眨，还对大大和小小笑了笑，笑得很难看。

大大和小小突然扑到妈妈身边，连声说："我怕，我怕！"

"别怕，别怕……"妈妈用手扳转大大和小小的身子，往外推着，并注视着高个子犯人，浑身禁不住战栗起来。

犯人队伍走远了。大大和小小气嘟嘟嚷道："妈妈，不给坏蛋穿一模一样的衣服，气死他们，气死他们！妈妈，你怎么不告诉警察叔叔呀？"

妈妈看着渐渐远去的犯人队伍，半天没有做声。

"他，他不穿一模一样衣服的时候，就好啦……"妈妈蹲下身子双手紧搂着大大和小小。

大大和小小眨着天真无邪的眼睛，想啊想啊，还是闹不明白。转眼，大大和小小又想起了别的事，问道："妈妈，外婆家还远不远呀？"

妈妈没有做声，带着大大和小小又走。走了好久好久，走回到城里，走回到家里。

大大和小小捶着妈妈的腿，差点哭起来："妈妈骗人！妈妈骗人！外婆呢？……"

烟的故事

罗山从不把整盒烟掏出来,要抽烟了,把手伸进口袋,变魔术一般,几秒钟就能摸出一支烟来,然后叼在嘴上,揿燃打火机。他是在目不斜视中完成这一连串动作的。烟民们的"烟是和气草,要抽可以讨"的信条对罗山无效。他不仅不会主动给谁递上一支烟,人家向他讨支烟抽,他也不给。

罗山原先在省城一家大工厂干钳工,调到农机厂才三个月。他技术不错,但不苟言笑,除了一声不响地干活,就是闷头闷脑抽烟了。车间里的人对他的情况知之甚少,只知道他是半边户,老婆和孩子都在偏远、贫穷的农村。

车工班有个青工叫黄毛,凡事喜欢论个输赢。听钳工班的人背地里谈论罗山如何吝啬,便摇头不相信,说,别太挖苦人了,就是再穷也不在乎一支两支烟嘛!世上哪会有这样的小气鬼?于是便有人打赌:你黄毛抽到罗山的烟了我输一条"芙蓉王"。黄毛胸有成竹地说:我赢定了。

一天车间开会,黄毛看准机会,和罗山挤坐在一条长椅上,不时往身旁瞟一眼,单等罗山把手伸进口袋,便好开口讨烟。然而,一小时过去了,只见罗山频频打着呵欠,却不见他把手伸向口袋。

黄毛想,这家伙说不定今天"断炊"了。又想,我何不趁此机会,来个先礼后兵?便掏出一盒"白沙",叼上一支后,又抽出一支递到罗山眼前。

罗山用手一挡，说抽不惯，又说我有。说着，左手已伸进口袋，转眼间，打火机燃了，烟也燃了，缕缕烟雾从他鼻孔里冒出来。

黄毛想，果然名不虚传。黄毛哪肯善罢甘休，此后，每看见罗山抽烟，就凑上去，寻着法儿讨烟抽。罗山每次都说，最后一支。黄毛满腹狐疑：一支烟看得比命还重，什么高级烟？一次，竟动手动脚，强行从罗山口袋里把烟盒掏出来。烟的档次不低，是"云烟"。但烟盒是瘪的，打开看，果真空空如也。

黄毛几次碰壁，蒙了。心想：难道你罗山真的会变魔术？仔细又想，才发觉是被罗山给骗了。他记起，罗山每次掏烟是在左边口袋，而那次的空烟盒却是从右边口袋搜出来的。

黄毛既好气又好笑，心里骂道：天下少有的小气鬼！看我当众戳穿你的鬼把戏！

机会终于来了。这天上班突然停电，大伙聚在车间大门外晒太阳，闲聊。罗山也蹲在不远的花坛边。黄毛谈笑时不忘盯着罗山的举动。只一会儿，果然见罗山把左手伸进口袋，便不失时机大声道："罗山，给大伙都来一支！"

罗山一愣，忙把手从口袋抽出，站起身，想溜。见大伙起哄，说些刺耳的话，走了两步又站住了。他犹豫了片刻，毅然破天荒自己把烟盒掏了出来。好家伙！又是一包"云烟"。大伙一惊，这可是太阳打西边出来了！齐鼓着眼看他如何动作。只见罗山抽出一支烟叼在嘴上后，随即把烟盒一捏，又揉搓几下，很潇洒地往地上一扔，说："就剩这一支。"

黄毛见罗山故技重演，走过去抓住罗山双臂，喊大伙快快搜索罗山其他口袋。罗山在挣扎中突然用脚尖把地上烟盒往路边踢了一下。黄毛恰好瞥见，觉得其中有诈，忙弯腰拾那被揉皱的烟盒。罗山见状，也急忙弯腰拾那烟盒，但为时已晚，烟盒已落入黄毛之手。黄毛一掂，竟不是空壳子，打开看，里面还有七支烟。

黄毛先是喜形于色，继而便惊住了："云烟"烟盒里的这七支烟全是市

场上最廉价的"芳草"牌烟。

　　黄毛想了想,还是把烟分发给了大伙。大伙看了看手里的烟,没有人去抽,黄毛也没有再提起赌"芙蓉王"烟的事。

力量

　　自从和麻勇成了邻居后,我的家便不得安宁了。

　　麻勇是个二十多岁的单身汉,听说在一家工厂当搬运工,繁重的体力劳动后,他仍有过剩的精力。前些日子他和一伙人打牌赌博每晚闹至深夜,我告了密,派出所来抓了赌。谁知没安静两天,他又搞起了新名堂:练拳击。他在内房门框上吊了个装满沙子的编织袋,清晨和晚上,他那硕大的拳头便一下一下猛击沙包,沉闷的嘭嘭声,在房内形成共鸣,仿佛要把墙壁胀裂。闹得我和妻子夜不能寐,天未晓就醒。

　　妻子被闹得受不了了,对我说,跟麻勇说说吧。

　　那天,我正要开锁进门,麻勇光着上身回来了。我赔着笑脸,小心翼翼地说,小麻,打沙包太吵人,能不能换个体育项目?

　　怎么?麻勇昂着头,爱理不理的样子。

　　打沙包太吵人,闹得我和家人休息不好。

　　又没在你们家里打沙包,关你屁事!

　　你这人怎么能这样说话?

我就这样！怎么着？

麻勇嘭地关上门，接着便传出猛烈的击打沙包的声音。

真是个不进油盐的人。我恨不得踢开麻勇的门呵斥他一顿，但我忍住了。这小子不是省油的灯，我觉得他比我有力量，不只是他有胸肌发达的宽阔的胸脯，棒槌似的肉疙瘩凸暴的手臂，还有他老气横秋，蛮不讲理。

搬来时，居民委员会一个老太太曾悄悄对我说，这屋住不得的。我问是不是吊死过人，是凶屋？老太太说行要好伴，居要好邻。我明白后，还满不在乎地说惹不起还躲不起？此情此景，真是惹不起也躲不起，我只能自认倒霉了。

一个周末，妻子单位上的几个姑娘来我家作客，我在厨房做晚饭，妻子和姑娘们开心地说笑，很是热闹。饭做好时天已黑了，此时正是麻勇练拳击的时候，我真担心那烦人的响声扰了妻子和姑娘们的好兴致。结果出人预料，这餐饭是在安安静静的环境中吃完的。

妻子向隔壁努努嘴对我说，真巧，他不在家。

我也为有这难得的机遇而高兴。

送姑娘们走时，我和妻子都惊奇地发现：麻勇家的门洞开着，他脸朝门口坐在椅上，正注视着我们从他门口经过，表情竟有些矜持。

回房后，我对妻子说，其实要麻勇安静点儿也是有法子的。

有什么好法子？

给他找个对象。

妻子马上领悟到了，说，难怪今天不练拳头的，他还晓得在姑娘面前注意形象哩。只是哪个肯嫁给他呢！

你给帮帮忙呀。我半真半假地说。

我情愿听他的拳击声也不做他的媒人。妻子的话刚说完，好像回答她似的，隔壁的拳击声又响起来。妻子烦躁得忙用药棉把耳朵堵住了。

一天，忽听有人敲门，开门看，竟是麻勇。麻勇今天换了个人似的：头发一丝不乱，西装领带，皮鞋贼亮。麻勇脸上堆着笑说，能不能借我一瓶开水？

我觉得和麻勇搞好关系很有必要,就要妻子拿来一瓶开水,说,拿去用吧,是不是有客人来?

麻勇犹豫了一下,略带羞涩的表情说,别人给我介绍了个女朋友,才几天,她妈妈就知道了,要来我这儿看看。我布置了一下,不知如何? 麻勇示意我和妻子进他家看看。

房子真的收拾得很整洁,只是内房的门框上还吊着那个该死的大沙包,使我很不舒服。

我忽然灵机一动,说,不错不错,只是岳母大人来,房里吊个大沙包不太好吧?

麻勇警觉地望着我,说,有什么子不好? 锻炼身体的。

我很狡猾地说,我没别的意思,是为你好呢。要是岳母大人心眼儿小,看见你在沙包上练拳头就联想到你今后可能也在她女儿身上练拳头,那就糟了!

麻勇很不信任地盯着我,但没有吭声。

第二天是情人节。傍晚,我和妻子出门去参加单位上举办的舞会,看见麻勇站在门口张望,就问,昨晚的事还顺利吧?

麻勇喜形于色地说,她妈妈没意见。

我说,今天是情人节,没约她来玩?

麻勇说,约了,只是她每次都来得很晚。她不能和城里人比,她是郊区的菜农,这时还正在给萝卜白菜泼粪浇水呢……

翌日中午,妻子一进门就乐滋滋告诉我说,垃圾箱边丢了个大沙包,好像是隔壁的。我瞅个机会悄悄朝麻勇房里一看,门框上果然没有了沙包。

我这才突然想起:我和妻子已有两天没听到拳击声了。

唐奶奶的星期日

唐奶奶是最喜欢星期日这一天的。星期日,儿女们便会带着儿女们的儿女们回到"老巢"来。唐奶奶的丈夫死得早,是她一把屎一把尿把四个儿女抚养成人。唐奶奶吃过不少苦。儿女长大后,都相继飞走了,在外筑了"小巢"。把她孤零零地留在"老巢"里。

过去的星期日里,儿女还偶尔回"老巢"来打个转儿,现在却都不来了,只顾在各自的"小巢"里享受天伦之乐,忘了"老巢"里还有形孤影单的娘。

唐奶奶寂寞地打发日子。星期日见邻居张奶奶的儿女都来聚会,热热闹闹的,便羡慕不已。

唐奶奶一次见到大儿子,便生气地说:"平时你们要上班没空来看我,我不怪你们,难道星期天也没空?你看看张奶奶家是什么样儿吧……"

唐奶奶哽咽着,眼泪流出来了。

大儿子见娘难过样,忽动恻隐心,老老实实说:"星期天,兄妹们聚在一起打麻将呢!"

"兴钱吗?"

大儿子笑笑,点点头。

玩麻将是有瘾的,唐奶奶很清楚。唐奶奶出身殷实人家,当年,她的父亲嗜赌如命,且赌技高超。唐奶奶未出嫁前也经常和邻居的大家闺秀们打

寄
钱

麻将。唐奶奶手气好，又从父亲那儿学了密不外传的几招，总是赢多输少。起了牌，不用看，用大拇指轻轻在牌面上一抹，便知手中之牌是"几饼""几条""几万"或是什么"风"了，绝无差错。后来，父亲大赌，偶一失手，一下子把家产输光了。唐奶奶也从此戒了赌。这些事她从未对儿女们讲过。有人说如今中国是十亿人九亿赌，唐奶奶曾告诫儿女们打打牌可以，千万不可上瘾也不要赌钱。没想到时风不可逆转，连自己的儿女也迷上了赌钱，连娘也顾不上要了。

唐奶奶又宽慰地想：好在是兄妹之间，也算是肥水不落外人田。便擦擦眼睛说："就不能把麻将带回娘这里打吗？你们打麻将，我给你们做饭，不好吗？"

大儿子便说："好。"

每逢星期日，唐奶奶便不等天亮就起床了，提了竹篮，走两里多路到菜市场买来鱼肉和时鲜蔬菜。然后把方桌摆好，把椅子擦净，单等儿女们光临。

于是，星期日这天唐奶奶的儿女们又都带着各自的儿女们飞回了"老巢"。

于是唐奶奶家里便一扫往日的寂静，充满了生气和活力。

唐奶奶在儿女们打麻将的喧闹声中，享受儿孙满堂的温馨，满面笑容地忙着做一桌丰盛的饭菜，款待儿女们。儿女们自然也很愉快。

这样过了一个又一个星期日。

一个星期日，唐奶奶去菜市场买菜前，打开柜子取钱时，发现没多少钱了。

唐奶奶是从一家集体企业退休的。过去，为了哺养儿女们，参加工作比较晚，退休工资便不多。这些年，唐奶奶省吃俭用虽然积攒了几百元钱，但哪经得起众多儿孙们嘴巴的消耗，如今眼看要捉襟见肘了。

唐奶奶不禁着急起来。

唐奶奶把大儿子喊到厨房里，斟字酌句地说："你能不能跟弟妹商量一下，每人每月给娘补贴一二十元钱……"

大儿子脸上写满疑问说："您不是有退休工资吗？怎么……"

"过去只我一张嘴巴，现在……"唐奶奶说话竟有些哽噎了。

"那星期天我们就不来了。"大儿子说完又补充一句，"不，就少来了。"

唐奶奶急了，说："我不是不要你们来，你们来了我高兴死了，只是你们在各自的家庭里也要吃饭呀！"

大儿子便侧转身子，有些不悦地说："好吧，我问问他们。"

吃午饭时，儿女们谈笑风生，却对给娘一点钱的事只字不提。

吃完饭，唐奶奶又悄悄问大儿子。大儿子说我问过了，他们都没吭声。唐奶奶问大儿子，你呢？大儿子冷冷地说："慢慢来，别急嘛！"

一连两个星期日，儿女们谁也没提起给娘钱的事。唐奶奶便很难过。

这天，收拾完碗筷，唐奶奶来到麻将桌边，她决定自己去说。

四方城的战斗十分激烈。唐奶奶从儿女们的交谈中得知：今天的输赢已达五十多元。唐奶奶看了好大一会儿，发现跟往常一样，输了的，毫不犹豫地往外掏钱，面不改色心不跳。赢了的，接过钱就放入口袋，笑逐颜开，心安理得。

唐奶奶想，这真是应了一句古话：赌博佬儿不赖账。想后，便很伤心。伤心之后，忽然一个念头在心里升起。

唐奶奶说："谁让我打几圈？"

"您？！"儿女们都诧异地抬起头，"您会打麻将？"

"谁让？"唐奶奶又说。

大儿子站起身，狡黠地笑着对娘说："兴不兴钱？"

唐奶奶不动声色说："当然兴！"

唐奶奶真是威风不减当年，那码牌之娴熟、摸牌之神韵、打牌之迅速、掷骰之灵巧，令儿女们惊诧不已。更令儿女们不解的是，娘的手气特别的好，常常神不知鬼不觉便来个自摸"小七对"或是"清一色"！偶尔掷骰，"杠上花"开得令人眼馋！神了！好像有神灵相助一般。

两小时下来，唐奶奶赢了六张"大团结"。

儿女们惊呆了。问娘何时学会打麻将又怎么这样会打麻将？唐奶奶总是守口如瓶，笑而不答。

每到星期日，唐奶奶的儿女们便早早回到"老巢"来，找娘打几圈。他们年轻气盛，不相信娘是常胜将军。然而唐奶奶不轻易上场，一上场，儿女们便败北。

儿女们心里顿生疑团：娘一定玩了假。可又让人看不出假来。难道娘有障眼法？

儿女们还发现：这之后，娘每月和他们只打一次麻将，赢了七八十元钱，便不打了。任你怎么说，她再也不上场。

星期日，唐奶奶的"老巢"里总是很热闹。

后来，唐奶奶死了。儿女们在清理遗物时，意外地发现娘的柜子里藏着一副有些年月、被手把玩得油光水滑的麻将。

上电视

在家里看电视台的《本市新闻》，屏幕上晃来晃去的人都是别人，要是在上面看到自己的"光辉形象"，那才叫过瘾呢！楚祥就是这样突然生出想在电视上亮亮相的念头的。

机会终于来了。

当得知明天电视台记者要来厂采访的消息后，这个街道小厂简直沸腾了,工人们奔走相告,楚祥更是激动不已。下班后,楚祥破天荒去花都发屋美了一回头发。第二天一早又换上平时上班时舍不得穿的白衬衫,还找出压在箱底的崭新蓝色工作服。妻子疑惑地打量他后说:不会是厂里有了相好的吧？楚祥一本正经地说:明天记者到俺厂拍电视。

楚祥早早来到厂里,见厂长正对大伙说话。厂长见多识广地说:记者到车间摄像时,大伙不要围观,跟平时一样,自己该干什么还干什么,也不要望摄像机镜头……于是,楚祥便一如往常埋头干活。但楚祥眼角余光仍发现摄像机镜头对着过自己,有五六秒钟光景。楚祥心里像灌了蜜:哈,我上镜头了!

回到家,楚祥一脸红润地向妻子报喜:今晚电视新闻里有我,有我的镜头!妻子见楚祥少有的高兴样,当然深信不疑,就又喜滋滋告诉儿子:今晚电视里有你爸,等会留心着看吧!儿子乐得直拍手。

晚饭后,一家人早早打开电视。楚祥在电视里看到了厂长、办公室主任、车间主任,却怎么也找不到自己的身影儿。

要是当时能站在厂长或车间主任身边就好了。要不厂长或车间主任来我的机台前站一站也行。楚祥躺在被窝里仍胡思乱想。这晚,他失眠了。

一个星期天,楚祥上街购物,忽闻鼓乐声。一家百货大厦前人头攒动、彩旗飘扬、热闹非凡,原来大厦正在举行开业庆典。楚祥不想凑热闹,正要回转身,忽然他看见了摄像机。一名记者正扛着那玩意儿跑前跑后地忙活。楚祥激动得浑身发热,他急忙挤到摄像机镜头前的人群前,记者把镜头摇向哪儿,他就往哪儿挤往哪儿站。心想:镜头对着我这么多次,这回该不会漏掉我了吧!

楚祥这回没对妻子漏口风儿,他想等在电视上发现自己了再赶紧喊妻子、儿子注意看,要给妻子、儿子一个惊喜。结果,楚祥只看到几个衣冠楚楚的人,每人执一把剪刀把礼仪小姐们托着的一条红绸带剪成了好几段,却又没有找到自己的影子。

犹如经受了两次沉重的打击,楚祥浑身疲惫,认定自己上电视是没指

望了。

事情发生在半年后。一天,楚祥上晚班,下班时已是深夜。他经过一条僻静小巷时,忽然前面传来一个姑娘的喊叫声:还我金项链,还我金项链!楚祥刚回过神来,两个黑影已快窜到他面前。楚祥跳下自行车,迅疾把自行车前轮一横,将一名歹徒绊倒在地。楚祥按住了倒地的歹徒,没料到,另一歹徒拔刀刺过来……

楚祥背部挨了三刀,搏斗中,双眼也被利刃划伤。经过医院全力抢救,终于转危为安。楚祥勇斗歹徒的事迹很快传开了,市领导专程到医院看望慰问楚祥,电视台记者也跟着来采访、摄像。一直守候在旁的妻子告诉楚祥:你这回真的要上电视了。

楚祥翕动着苍白的嘴唇,声音小得只有妻子才能听清:我,我看不见了……

看电视

蓓蓓是妈打电话叫回来的。妈说你爸近来的行为有些反常哩。蓓蓓回家后果然见爸有些坐卧不安:爸捏着电视遥控器,嚓嚓嚓嚓不停地调换着频道,没看上两分钟就把电视机关了。在沙发上躺一阵子或在房里走一阵子后,又打开电视机,嚓嚓嚓嚓把频道换来换去,接着又关机了,好像全国就再找不出他喜欢的节目了。蓓蓓出嫁半年了,因忙,回家少。蓓蓓问妈,爸这样子有多久了？妈说，你爸退休后不久就这样了，把个遥控器按来按去的，就没正经看过电视，我看电视他还不让呢，说吵了他。

蓓蓓想，这就怪了！爸退休前可是个电视迷呀！每天吃过晚饭，爸第一件事就是打开电视机，先看本省新闻，再看中央台的《新闻联播》，接着又收看爸厂里有线电视台的节目。有一阵子，省电视台播放电视连续剧《还珠格格》，蓓蓓最爱看了，而这个时段正是爸收看本厂有线电视节目的时候，于是父女俩为争频道常常拌嘴。蓓蓓说，自己厂里的事有什么看头！爸笑笑不吭声。妈向着爸，说你爸看电视是为了了解厂里的情况，关心厂里发生的事呢！不然，怎么当好厂长呢？

此刻，蓓蓓见爸闭目塞听地躺在沙发里，一动也不动，便问道，爸，您有哪儿不舒服吗？爸摇了摇头。蓓蓓又问妈说，爸没精打采的，是不是身体有了毛病，到医院看过吗？妈说，我也急呀，硬逼他到医院检查过，除了血压有些偏高，没查出其他什么毛病。

蓓蓓终于明白了什么，悄悄对妈说，爸管理过几千人的大工厂，忙惯了，如今整天闲着没事干，哪精神得起来？爸这是因为太寂寞了。妈说，这可怎么办呀？蓓蓓说，好办，爸不爱看电视了，就让他干点别的吧，生活要丰富多彩呀！

蓓蓓从花木市场上买来十多盆花花草草摆在阳台上。蓓蓓说，爸，这些君子兰、茶花、茉莉花……都是朋友送的，我、您女婿都太忙，没时间照料。爸，您可别忘了松土浇水呵。爸把每盆花仔细瞧了个遍，微笑着说，听说君子兰很娇贵，难莳弄呢！说罢拿起洒水壶就要浇水。蓓蓓和妈心照不宣地笑了。

蓓蓓改天回来，惊奇地发现花盆里的土都干了，花的叶子也蔫了。蓓蓓问妈，爸怎不给花草浇水了？妈说，你爸只热心了几天，他对花花草草的没兴趣。哎，我也忘了。

蓓蓓又买回来一只狮毛狗。蓓蓓对爸说，这只狗名叫欢欢，是您女婿买的，我哪有时间和它玩耍呀，我送给爸玩儿吧。狮毛狗雪样的白，两只眼睛

寄
钱

分外的黑,十分可爱。爸禁不住叫了一声欢欢,狮毛狗就奔到他面前摇头摆尾的,爸笑着说,这狗通人性呢!蓓蓓和妈都笑了。

一天,蓓蓓回家来,见了欢欢忙伸手去抱,欢欢却慌慌地往旮旯里钻。妈悄悄对蓓蓓说,欢欢差点没被你爸踢死!蓓蓓的心里直发凉。

晚饭后,爸又闷闷不乐地斜躺在沙发上。蓓蓓忽然记起今晚有她喜欢看的电视连续剧《康熙微服私访记》,就说,电视机长期不用会坏的,得经常开机驱驱潮气。见爸没吭声,便打开了电视。在调台中,蓓蓓无意中收看到了爸工厂有线电视台的节目,正要调换频道,忽听爸大声叫道,别换台,快,快把声音开大点!蓓蓓仔细一看,电视里正播放介绍工厂发展的专题片,片中多次出现爸的镜头:有在台上做报告的,有在车间里检查工作的……蓓蓓注意到,爸看专题片时身子坐得挺直,眼光神采奕奕,十分兴奋的样子。专题片播完了,爸竟深深叹了口气。

蓓蓓忙把这一发现告诉给妈。妈愁眉苦脸地说,如今电视里哪能天天有你爸的镜头呢?蓓蓓诡秘地笑了笑说,我有办法了。

第二天,蓓蓓就到爸厂里找了新厂长,又到工厂有线电视台请人剪辑转录多年来有关爸的录像资料,忙了一整天。接着,蓓蓓又给爸买了一台放像机,并把一盒崭新的磁带,送到爸手上。

单位上派蓓蓓到外地进修,她再次回家已是一个月之后了。妈见了蓓蓓就喜滋滋地说,你爸又爱看电视了……蓓蓓也发现:爸满面红光,人挺精神的。

第二辑

Zhong Jiang De Fan Nao

中奖的烦恼

垃圾山

昨晚市电视台播发了《凤凰路东端垃圾山应由谁清运》的新闻后，可把分管城建工作的孔副市长急煞了。

要是平时，一堆垃圾本不算回事儿，但眼下却非同小可。再过两天，省城市卫生检查团就要来了，垃圾山不仅有碍观瞻，更重要的是有损该市形象，脏、乱、差的城市谁还愿意来投资？市里制定的借船出海，振兴地方经济的策略，岂不成了空话！误了事，谁担当得起？

今天一早，孔副市长就把各有关部门的负责人召集到垃圾山旁。

孔副市长估摸了一下，眼前这一溜儿的堆堆垃圾，少说也有四五吨。他首先严肃地对市环卫处李主任说：这主要是你的责任吧？李主任昨晚看了新闻报道，心里早有准备，虽是市长诘问，也不慌张，说：这不只是环卫处的责任。街头垃圾箱寥寥无几，生产生活垃圾无处倾倒呀！我曾经多次提出增加一些垃圾箱，可市里没拿这笔钱。

孔副市长听罢，半晌没吭声。提到"钱"字，他也有苦衷：市里财政薄弱，到处都需要钱，这钱能自己印制？孔副市长有点不悦地说：现在别争论谁是谁非了，当务之急是立即把垃圾山运走，就由环卫处负责。

李主任连连叫苦说：为迎接检查，做好街道的全天保洁，环卫工人已超负荷了，连退休工人也上阵了，我哪还有人手？

孔副市长说:雇请民工也要把垃圾山运走。

李主任又叫苦说:请民工要花钱,环卫处既无经济实体,又无小钱柜,这钱找谁报销呀?

孔副市长没好气反问:你说怎么办?

李主任反应敏捷,说:依我之见,这垃圾山在人行道绿化带上,市绿化办也有责任。

孔副市长思忖片刻,认为听听大家的意见也好,便把目光移向绿化办陈主任。

陈主任昨晚虽没看电视新闻,但听了孔副市长和环卫处李主任的对话,心里也有了底儿,很有分寸地说:我们只负责城区绿化工作,种树种花种草才是分内事。现在情况紧急,我们来清运垃圾山也并不是不可以,只是人手太少。眼下,道旁绿篱要修剪,林荫道上的死树要补栽,正忙得焦头烂额呢!如请民工来干,这钱又由谁出呢?

孔副市长一听又是“钱”,立刻反问道:你说怎么办?

陈主任狡黠地眨眨眼睛,说:这乱倒垃圾的问题,这里的居委会也有不可推卸的责任。

孔副市长说:居委会来负责人没有?

这时,一个精神矍铄的老太太挤过来,没等孔副市长发问,便放连珠炮似的说开了:居委会不是不管,我们派人清运过人行道上的垃圾,但人家总不能老是尽义务吧,也应该给点报酬吧,居委会都是婆婆姥姥的,哪有钱?我们找临街单位给予支持,每月收个三元五元的卫生费,但都不肯出钱,没有钱我们也没办法。

又是“钱”!孔副市长有些光火了,说:您说说哪些单位不肯出钱?

居委会老太太环顾了一下,除了二十米外的道路两旁有几个不知名的单位在搞基建外,垃圾山附近还没有房子。她灵机一动,用手指指座落在人行道外大约二百米的一个建筑群说:那所中学……

孔副市长只得对身边的秘书说:去把学校校长找来!

校长来了。当他了解到事情的原委后,说:这垃圾山与学校毫无关系。学校的生活垃圾从没往外倾倒过,都用来填校园后的污水塘了。

市环卫处李主任脱口而出说:正好,这垃圾可用来填污水塘!

市绿化办陈主任说:这个建议好!

居委会老太太也说:组织学生搞义务劳动,又不用花钱!

这办法好!众人附和。

孔副市长也认为只能这样办了,友好地拍拍校长的肩膀说:迎接检查,十万火急,希望给予支持,马上组织学生行动,务必今天把垃圾山搬走。

校长顿时愣住了。

孔副市长又说:就这样定了!

学生在准备期末考试呀!校长禁不住咕哝了一句。不过他觉得自己的话十分软弱无力。

我要当陪衬人

县电视台办公室主任调走了,台里要提拔一个人接替此任。与以往不同的是,这次采取的是竞聘上岗择优录用的方式,凡在副主任岗位上工作两年以上或是取得中级以上职称者都可以一试身手。竞聘公告一张贴出去,广告部记者马甸第一个报了名。

马甸原是新闻部记者,本科学历,取得中级职称已有三年。他是两年前

台里为了加强创收力量被调整到广告部的。俗话说，新闻部记者别人求你，广告部记者你求别人。大家都心知肚明，这样的调整大凡是针对那些默默无闻不被重视的人而做出的。马甸当初还暗暗闹过两天情绪呢。

马甸要竞聘台办公室主任职位的消息一传出，人们便好像听了《天方夜谭》里的故事一样，都觉得挺稀奇的。马甸常常被人突然叫住或是突然被人搂着肩膀问着同样的问题，马甸，你要参加竞聘？马甸说是呀。问的人又问，有几个人报名了？马甸说，我去报名人事科说有两个人了。问的人就说，另一个是万利吧？马甸说，我知道。问的又说，你知道了还报名？马甸说，不是说符合条件者都可以报名嘛！问的人再说，你知道别人怎么议论你吗？说你脑袋瓜不开窍，都说这样的竞聘只是个花架子形式而已，你却甘愿去当陪衬人！马甸却不羞不恼，说，管它哩，陪衬人也要人当呀！问话的人都在心里骂，你是个大傻冒！

正如人们预料的那样，竞聘公告张贴了半个月，报名的仍然只有马甸和万利两个人。

人们说马甸脑袋瓜不开窍不是没有道理，因为他的竞争对手万利绝非等闲之辈。万利是县政府副秘书长的外甥，已在台办公室任副主任三年了，工作干得出色，且每年都是先进工作者。明摆着，主任这个职位非万利莫属了。

竞聘大会在人们的关注下如期举行。台领导在前排就坐，看热闹的编辑记者和其他人员把会议室挤得满满的。万利首先走上讲台发表竞聘演说，他思维敏捷口才极好，紧紧围绕如何当好台领导班子的参谋和助手，协调好各部门的工作等，滔滔不绝地谈了"我来当办公室主任"的种种设想、措施和方案。对台领导的现场提问，他对答如流极具说服力，赢得了热烈掌声。

马甸也在热烈的掌声中走上了讲台。马甸是北方人，普通话说得很悦耳，他历数了他这些年在新闻报道方面取得的成绩。他说，作为新闻战线上的一员，我是兢兢业业的。在新闻部工作的几年里，我风里来雨里去，采访拍摄了两千一百五十九条新闻，有二百六十七条上了《本市新闻》节目的头条,有一百零八条新闻在省级电视台播出。我采拍的新闻《农民兄弟的喜与求》和系列报道《走进大山》等分别获得全省和全市好新闻评选一、二、三等奖。我撰写的业务论文《论防止正面报道的负面效应》在中央级刊物发表。我撰写的《政策在这里走了样》等内参引起了县领导的高度重视,受到了市领导的好评。我服众领导安排,在广告部任劳任怨为增加广告收入做贡献,每年都超额完成了工作任务,目前广告创收累计已达三百六十一万元……

马甸的发言征服了台下的听众,有的人悄悄赞叹说,真人不露相,马甸还真有些能耐呢!

台领导A站起身,表情严肃地说,马甸,你的发言背离了今天的主题,你不是在作竞聘演说,你是在作评聘职称的述职报告。文不对题呀!

马甸愣住了,嘴里轻声"哦"着,想说什么又没说,样子有些尴尬。

台领导B显得温和些,他启发式地提问说,马甸,我们主要是想听听你如果当上了办公室主任有哪些新招? 高招?

马甸略微思考了一下,不紧不慢地说,我觉得当务之急是加强年轻的记者的业务培训,提高他们的政策理论水平和专业技术素质。因为有些记者学历不高又不爱学习,写作能力确实不敢恭维,文字都不通顺,怎能写出好的稿子……

台领导B失望了,他摇着头说,马甸,你又跑题了! 我再问你一句,你还有哪些绝招?

面对台领导的追问,马甸低头不语,样子有些狼狈。

散会后,有好心人对马甸说,凭你的能力当个办公室主任绰绰有余,关键是你的演说牛头不对马嘴。你怎么会这样呢?

马甸微笑着,不吭声。

问的人又惋惜地说,办公室主任这个职位与你无缘了。

马甸说,我去报名时就知道是这个结果。

问的人惊讶了,说,那你干吗要费力劳神去当唯一的陪衬人?

　　马甸狡黠地一笑，说，当陪衬人值得。这个机会太难得了！我只是想当着台领导的面当着大家的面展示一下我自己……

　　问的人一时没回过神来，满脸的茫然。

　　令许多人没有想到的是，不久，马甸调回了新闻部，还当上了副主任。

反 响

　　管记者是县电视台新闻部挑大梁的记者。管记者新闻敏感强，文字功夫好，笔头子又快，大凡县里的重要会议，都派他去采访。管记者总是很认真地选好报道的角度，准确传达出会议要义，并把一个个看似枯燥的会议弄出一些新意来。

　　这天，管记者去采访"全县整顿医药市场秩序动员大会"，当他把镜头摇向听众席时，他吃惊不小，此时县长正在台上十分严肃地阐述整顿医药市场秩序的重要性和紧迫性，台下近两百个听众中却有七八个人耷拉着脑袋打瞌睡。管记者想，与会的都是各有关部门和单位的负责人，不认真领会会议精神回去后又怎么能贯彻落实？整顿医药市场秩序岂不成了空话？管记者决定将此事曝光，于是对打瞌睡的人分别给了特写镜头。

　　管记者是快笔头，回到台里便三下五除二把两条新闻的解说词写好了。部主任大李首先看了会议报道《整顿医药市场秩序，确保群众身体健康》的解说词，他没说什么就签了字。看了批评报道《开会打瞌睡，会议精神如何贯彻落实？》的解说词后他马上想到了什么，说，我看一看拍回来的录像资料。

大李眼尖，录像还没放完，他就在打瞌睡的人中发现了他舅舅——县药材公司总经理。大李指指荧光屏上的舅舅对管记者说，记住，剪辑时把这个人的镜头删除掉。大李在稿签上签上名字后高兴地说，好稿，好稿！舆论监督就是要搞。这样的新闻观众爱看，定会产生反响！不过，能不能播发还得听听王副台长的意见。

王副台长分管新闻。他认真审读了批评报道的解说词后立刻想起了什么，说，我要审看一下录像。

王副台长发现打瞌睡的人中有两个熟人，一个是老同学——县卫生局办公室主任，一个是他老婆的干爹——县卫生局副局长。王副台长对管记者说，剪辑时别忘了把这两个人的镜头删掉。王副台长在稿签上写下"同意播发。请陈台长审定。"几个字后称赞说，舆论监督必不可少。这条新闻不错，一定能在观众中产生大的反响！

批评报道必须经过陈台长最后把关。陈台长把批评报道的解说词仔细看了两遍后突然意识到了什么，说，我必须审看一下录像。

陈台长仔细地看了录像后对管记者说，打瞌睡的人中有县一医院的院长，有县二医院的副院长，有县肿瘤医院的副院长，还有……这些单位都是我们电视台的广告客户，而且这些人都是单位上的头头脑脑，批评他们一定要慎重，可别又出现负面影响呀！

陈台长的顾虑不是没有道理，因为过去也搞了一些批评报道，有的引起了有关部门的重视，使问题很快得到了解决；有的批评报道却激怒了某些单位或个人，免不了要来台里吵吵闹闹找麻烦。

管记者担心这条新闻被"枪毙"，急忙分辩说，陈台长，前几天县里不是专门召开过端正会风的会议吗？端正会风的约法三章还是县长亲口宣布的。谁吃了豹子胆，敢和县长过不去？我们批评个别人的不良行为也是为了促进会风好转有利于工作嘛！

陈台长思忖了片刻说,你说的没有一点儿错,但你剪辑时必须把我刚才提到的几个人的镜头删去。陈台长在稿签上写下"今晚播发"几个字后赞赏说,这的确是条好新闻,你把会议报道和批评报道编排在一起播发,前后形成反差,宣传效果一定不错,肯定会在社会上产生很大的反响。

管记者沮丧地说,这条新闻没必要播发了,打瞌睡的画面都剪辑掉了。

陈台长说,我只要你剪辑掉五个人的镜头,不是还有三个打瞌睡的人吗?

管记者心里暗暗叫苦,剩下三个人的镜头早已是大李主任和王副台长交代过一定要剪辑掉的。

《开会打瞌睡,会议精神如何贯彻落实?》的批评报道在当晚的《本市新闻》栏目中播出了。不过,已成了没有现场画面的口播新闻。

我为你作证

郊外小河边,两个垂钓者:一个高,一个矮。矮且胖的叫王五,高而瘦的叫赵六。他们本不相识,因爱好相同,星期天常在河边碰面,也常相互调剂诱饵、钓饵余缺或谈论钓鱼经,于是有了点头之交。此刻,他们相距20多米,都凝神注视着水面上的浮标。

今天是久雨初晴的头一天,是钓鱼难得的好天气。可是王五的鱼运不佳,一上午过去了,他只钓到三四条两寸长的小鲫鱼。而他右边的赵六却鱼运亨通,隔不了多久,就能听见他欢喜地叫道:"王五,看,我又钓到一条大的!"他接连钓起了几条半公斤重的鲤鱼。

王五沉不住气了,焦躁地把鱼线拖来甩去。

突然,王五一挥竿,那鱼竿立时成了一把弓。

"大鱼!"王五心里一阵激动,暗自庆幸时来运转,想把这喜讯传递给赵六,但"大鱼"二字还没喊出声,他就给闹蒙住了;被拖出水面的不是鱼,而是一个黑色手提包。鱼钩正好挂住了包的提环。

王五使劲拉开拉链,包里有付款委托、购货发票,还有介绍信和工作证。这些湿漉漉的东西,上面的字迹仍清晰可辨。里面还有半截砖头。显然,这是小偷作案后扔到河里的。小偷只要钱,不要包。

王五愣愣地望着包:如何处置它呢?

"王五,看!我又钓了一条大的!"赵六那欢快的声音又响起来。

王五又羡慕又着急。看着包,他直抱怨自己倒霉,恨不得把这个不祥之物重新扔到河里去。他犹豫了一下,一抬手,把提包扔进身后的草丛中。

一个星期过去了。王五又来到郊外小河边。这一天,他的收获十分可观,还钓到一条一公斤重的鲤鱼。他想让赵六也分享分享他的高兴,但他的点头之交这天没有来。又一个星期过去了。王五又一次来到郊外小河边时,发现自己一时疏忽,忘了带钓饵,他又想起了赵六,可是这天赵六又没有来。

又过了一个星期,王五和赵六终于在小河边见面了。

这天,王五来得好早,他打好鱼窝后,寂寞地坐在岸边抽烟。他听见咳嗽声,一扭头,见赵六慢慢走过来了,便大声招呼:"伙计,两个星期没见着你,病了?"

赵六笑了一下,笑得很勉强,把渔具放下,接过王五递过来的烟点燃,话和烟雾同时喷出:"病个卵!"

"怎么啦?"王五看着对方有些憔悴的脸。

"没什么!"赵六在王五身边坐下。

"上两个星期天,鱼特别爱咬钩!"王五眉飞色舞地谈起了钓鱼经:"我

压岁钱

038

每次都钓到三四公斤,还钓到一条一公斤重的。"

"倒霉!"王五的好消息并没有使赵六表现出兴奋来,反而又重重地叹了一声。

"你有心事?"王五问。

"一言难尽呀……"赵六近乎痛苦地摇摇头,"有人怀疑我与一桩现金盗案有关,又是盘查又是到单位上了解,还问我有无前科,没完没了,娘的!"

"什么案子?"王五问。

"我捡了个提包,好心好意去上交,可……"

"怎么回事?"

"那天,你没钓到鱼,气得回家了。我后走,发现河边那草丛里有个黑色提包,里面明明只有发票、介绍信什么的,他们硬说还有一笔可观的钞票,真是活见鬼!"

"冤枉!"王五大声为赵六叫屈,"这包是我从河里钓上来的,我开始以为是大鱼,还喜了一阵呢!我也看过里面,没钱!"

"怪不得是湿的!那天怎么没听你说过?"

"先是怕你取笑我,后急着要钓鱼,忘了。"王五说出了原委后,笑起来。笑毕,认真地说,"你别怕,明天我为你去作证。"

又一个星期天到了。这天风和日丽,是钓鱼的好天气。赵六早早地来了,刚在钓位上坐下来,便从口袋掏出两样东西:一瓶荔枝汁,一包日本鱼钩。这是他要送给王五的,他感激王五。

然而,一连几个星期天,河边都没有王五的人影。

忙音

A局长拿起话筒,右手食指在号码键上跳动了七下,听到"嘟——嘟——"两声。

"你好!"一个男人接电话。

"是××局吧?"A局长问。

"对。"

"你是谁?"

"喂,你找谁?"

"你是谁?"A局长执拗地问。

没有回答。A局长刚想再问一句,忽听到了"嘟嘟嘟"的忙音。

A局长把话筒放下,过了片刻又拿起,右手食指又在号码键上跳动了七下,听到"嘟——嘟——"两声。

"你好!"一个女人接电话。

"是××××局吧?"A局长问。

"对。"

"你是谁?"

"喂,你找谁?"

"你是谁?"A局长执拗地问。

回答是"嘟嘟嘟"的忙音。

A 局长火了,把话筒"啪"地掼下,接着又拿起,右手食指重重地在号码键上跳动了七下,听到"嘟——嘟——"两声。

"你好!"一个姑娘柔美的声音。

"是办公室吧?"

"对。"

"你是谁?"

"哦,您是局长。局长,我是刘红梅呀!"

"小刘,交给你一个任务!"

"局长,什么任务呀?"

"你马上和电信局电话检修部门联系一下,不知是我的电话机坏了,还是电信局的程控交换机出了毛病?说上两句话电话就断了,就是忙音了……"

"局长,电话不是好好的吗?您正在和我通话呀!"

A 局长被弄糊涂了:真见鬼!我这电话怎么往外面打就……

厂长与作家

故事还得从一位不速之客说起。

那天,牛厂长正在办公室里悠闲地看报喝茶,忽然有人敲门。来人是个二十刚出头的男青年。看了递过来的名片，牛厂长才知是日报的朱记者。朱记者说他们拟编辑出版一本报告文学集，主要是展示我市改革开放、经济发展的成就，同时为企业的带头人和企业家树碑立传，牛厂长就是宣传对象。并一再强调，入书的人选是市政府领导选定的，希望牛厂长珍惜这难得的机会。

牛厂长开始还听得心花怒放，一听说是市政府领导选定的，就在心里骂朱记者道，你个嫩毛，竟敢耍我！前几天市里开会还批评我扭亏增盈工作抓得不利，现在又要为我唱赞歌，这不是瞎扯淡吗！

牛厂长不动声色问朱记者，入书有没有附加条件？

朱记者说，附加条件倒没有，只是如今出书要买书号，印刷费用又太高，入书者得交二万元赞助费。

牛厂长老到地一笑，啧啧，一篇文章收二万元，太不值。我没有钱。

朱记者急了，忙说，这可不是一般的通讯报道，是写报告文学，要写万把字呢！重点写您为振兴企业所做的贡献和先进事迹。由我来操笔，保证让您满意。特别是文章前面还刊登您的照片。

牛厂长心想企业再穷也不在乎二万元，只是他觉得这事太离谱，就把朱记者打发走了。

是石林让牛厂长改变了主意。

石林是省内小有名气的工人作家，不仅作品多，而且频频获奖。一直以来，牛厂长不怎么喜欢石林，还在全厂职工大会上不点名地批评过他：有的人不务正业，眼睛只盯着报纸杂志，何不调到报社杂志社去！事后，牛厂长觉得自己说了瞎话。因为石林的工作态度、工作质量是无可挑剔的。但每见到石林收到稿费，收到样刊样报，牛厂长心里就不快。石林名利思想太重。牛厂长常对人这样说。

这天，牛厂长送走朱记者回来，在经过一间办公室时，见许多人围在一起谈笑风生。便走进门，问道，这么热闹，有什么新闻？

牛厂长，快来看，书上有石林的照片。

牛厂长接过杂志翻了翻,里面除了石林的两篇小说外,封二上果然有石林的照片,还是站在工厂大门口照的。样子很神气。

牛厂长立即找到石林,问道,登照片花了多少钱?

石林说,没花一分钱,是杂志社要登的。

真的?

真的。

牛厂长不信,暗骂道,你小子还瞒我,花钱出名还不承认! 你以为只有你的照片能上书? 你也太小瞧人了!

于是,牛厂长决定也在书上登一回照片。

牛厂长把石林叫到办公室,态度和蔼地称赞石林是才子,是工厂的骄傲。并说过去不支持你搞文学创作是没有远见,还请多多包涵。

石林听得耳热心跳,忙说本人不才本人不才。

牛厂长觉得时机成熟,笑微微地说,你有才,我很看重你的才气。随即把写报告文学的事说了,但省略了赞助费的内容。

石林连连摇手说,我只怕写不好。

牛厂长说,市领导点名写我是对我的肯定,我点名你来写是我对你的信任。你熟悉工厂熟悉我,一定写得好,一定得写好。

石林毫不怀疑自己写得好这篇报告文学。他在这个厂工作十个年头了,对工厂对工人对牛厂长是太熟悉不过了。他只花了两个晚上的时间就把文章写好了。

牛厂长接过厚厚一叠稿子,喜形于色赞扬石林是大手笔。但看完文章,心却一沉。他表情严肃地对石林说,文笔不错,只是,只是有两点不足。一是喧宾夺主了,你把大量笔墨放在了工人身上……二是漏掉了一个重要方面,诸如现在时兴的开拓进取、勤俭办厂、廉洁务实的字眼和内容,你都没有写……你是作家,我就不详细说了,你琢磨琢磨吧!

石林琢磨了一天一晚,他很想按牛厂长的要求把文章改好,可是脑壳里一片空白,不知道该写些什么。石林觉得奇怪:自己往日那天马行空的想象力怎么一点儿也没有了呢？

半年后，一本书名为《企业家之歌》的报告文学集出版了。其中有一篇是写牛厂长的。

牛厂长捧着散发着油墨芳香的新书，反复欣赏自己的照片和颂扬自己的文字，心里像塞进了一勺蜜。他逢人就夸日报的朱记者会写文章。

听的人都点头。也有人说，石林是名作家，对您对工厂更熟悉，要他写不更好？

牛厂长讳莫如深地说，熟人？熟人写不好这文章……

为什么呢？

牛厂长笑笑，不再言语。

中奖的烦恼

这消息是月萍自己说出来的。她眉眼都是笑地对厂里的人说，我中奖了，80 万元哩。月萍买社会福利彩票中奖的消息便不胫而走。有说她走运的，有要她请客的，把个工厂弄得沸沸扬扬的。

占魁对月萍说，你嘴关不住风，这事到处讲得的吗？你不要命啦！占魁是月萍的男人，男人和她说话时一脸严肃。月萍不屑地撇撇嘴，说说有什么要紧，人家又不会来抢。

不抢？前几天晚报上说，两个歹徒半夜入室，把个孤老头儿杀了，就为

寄钱

了一千块钱。

呀,还真有这事!

岂止抢钱杀人,还有绑架儿童的,不交出十万八万就撕票。撕票你懂吧,就是把小孩宰了,活不见人,死不见尸。

这可怎么办?月萍脸色都白了。

不要紧,以后再别说中奖的事。

整个下午,月萍都心神不定的。月萍是农机厂车工,这天她报废了三根打稻机长轴。检验员说,月萍这个月别想拿奖金了。班长说,怕啥?如今月萍不上班也不愁饭吃。

下班一回到家,月萍就满脸愁云对占魁说,这事怎么办?

占魁正在看电视,等候月萍回来做饭,头也不抬,什么事怎么办?

中奖的事我不该到处说的。

嗨,老想这干吗?没事儿,以后不再张扬就是了。

不行,我已经说了,厂里的人都知道了。一传十,十传百,外单位的人也会知道的。能担保就没有见财起意的人?

占魁本是想吓唬吓唬月萍,要她别露富,想不到月萍当真了,还记心里头去了,而且说得有鼻子有眼的,于是心里也七上八下没了底儿,反过来问月萍,这怎么办?

月萍答非所问,儿子还没回来?

他不是每天放学了还要和同学玩会儿球吗?

我这就去接儿子。

都小学三年级了,还接?这两年,儿子不是自个儿来来去去得好好的吗?

不行,从今天起,得接。

占魁知道月萍被绑架儿童的事吓着了,但这毕竟又是发生过的事,觉得防范于未然也好。

要接,明天开始吧,我顺路。

我不放心你。那年儿子上幼儿园,你接他回,半路上你遇到了老同学,只顾说话，儿子跑到中心商场去了，你也不知道。幸亏我妹妹买东西时看见了……

儿子上学去不也要送？

怎么不送？不送万一出了事呢！

占魁无话可答了。月萍临出门，回过头，晚饭归你做。占魁虽最不爱做家务活，这回也只得认了。

晚饭时，月萍抱怨占魁，你怎么把菜做得淡的淡咸的咸？又玩什么花样！

占魁常把能做好的家务活故意做得很糟。过去，他洗过的衣服跟没洗一样，月萍只得收回洗衣权。

这次我不是故意的。

不是故意的怎么会这样？

我边忙边考虑那钱是存银行还是放家里，就……

月萍叹了一声。这餐饭吃得没滋没味的。

半夜，月萍起来解手时，突然大叫起来。

占魁从床上弹起，你怎么啦？

窗户都开了，进来贼了，进来贼了！

呀，窗户真的都开了！丢了哪些东西？

我，我哪知道……

快看看钱还在不在？

打开柜子，八十捆崭新的钞票挤挤地躺在柜子里。

占魁一愣神，我想起来了，窗户本来就没有关。

我嘱咐你都关严，你怎么不听？

天这么热，不怕闷死？住五楼，怕啥！

要是八十万元被偷了呢？被抢了呢？你这个鬼男人！月萍狠狠地踢了占魁一脚……

占魁被疼醒了，一看，天已大亮了。他推了推月萍，你又踢又叫些什么

钱

嘛？踢得我生疼！

月萍睁开眼，哦，我做梦了。

什么鬼梦？

我中大奖了，八十万元哩！

尽想美事！不过，美梦成真就好了。

也好也不好……

怎么会不好呢？

月萍没有说。

阴沟里的鳝鱼

　　A报《大千世界》栏目的编辑刚上班就收到一篇题为《S市雨后出现奇观：阴沟涌出无数鳝鱼》的传真稿，看后，他情不自禁地说，好，好稿！这些年来，他编发过《五条腿的青蛙》、《双头银环蛇》、《会编织英文字母的蜘蛛》、《千年枯树发新枝》等许多令人叹为观止的社会新闻，广受读者好评。他立即签上初审意见，马上呈送给主任二审。

　　主任也被这篇稿子吸引住了：S市昨日后半夜突然电闪雷鸣，暴雨倾盆。城内一小巷内的居民早上一开门，都惊喜异常，巷道的积水中，到处是鲜活的鳝鱼。于是都争先恐后提桶端盆去捕捉，少则十多斤，多则二三十斤。开始人们以为鳝鱼是从天而降，后发现道旁几个阴沟入水口正不断往外冒水,鳝鱼就是从那儿涌出来的……

主任说,有味有味!再打电话核实一下。

编辑忙说,作者小B是S市团委宣传干事,老通讯员了,绝对不会杜撰假新闻的。

主任信任地看一眼部下,在稿签上写道:"不错。请老总审定。"

老总阅后大笔一挥:新奇有趣,今天见报。

一石激起千重浪。《S市雨后出现奇观:阴沟涌出无数鳝鱼》见报后,激起了读者的极大兴趣,公交车上,办公室里,人们都在谈论鳝鱼。各售报亭都说这天的报纸十分抢手。消息像长了翅膀,还引起了省内外水产科研部门的重视,不断有专家、教授打电话到报社询问情况。紧接着,A报不惜版面连续刊登了多篇观点各异的理论文章。

资深水产专家M撰文说:鳝鱼肉质鲜美,营养丰富,但目前市场上的鳝鱼都是农民到水田和河湖港汊捕捉的,其数量远远不能满足市场需求,而鳝鱼人工养殖当前在国内还是空白。S市小巷阴沟里出现大量鳝鱼,说明城市阴沟具有鳝鱼生存的良好环境和条件,利用阴沟养殖鳝鱼大有可为、前景广阔……

年轻的水产教授W立即撰写文章反驳说:利用阴沟养殖鳝鱼虽有节约土地和提高鳝鱼产量等优点,但阴沟毕竟是藏污纳垢之地,这里面生长的鳝鱼也必然受到各种有害物质的污染,从维护人类健康的角度来衡量,阴沟养殖鳝鱼是不宜推广的……

水产专家、教授们各执己见,针锋相对,一时难有结论。A报认为,借此机会探讨发展养殖业新路,实乃一桩大事,当即决定:在S市召开一次研讨现场会,论个孰是孰非。

这天,近二十位水产专家、教授云集风景秀丽的S市。

前几天,报社就几次打电话到S市团委找小B,希望他能作为特邀代表出席会议,但总找不到人。研讨现场会召开前两小时,报社又拨通了小B的电话,这回是小B接的。小B说,我很忙,不过下午看现场时我一定到现场等你们。

上午的会上，专家教授们仍固执己见，针锋相对，会议一度陷入僵局。又是报社提议：下午先到小巷去看看，进行实地考察后再议。大家果然赞同。

专家教授们来到小巷，发现小巷地势低洼，行人从主街道进入小巷，先要走下一段近五十米长的陡坡。水往低处流，暴雨时，主街道阴沟的水流入小巷阴沟，再从阴沟入水口冒出来实属必然了。

年轻的水产教授 W 一直对阴沟养殖鳝鱼持有异议，为使自己的理论更具说服力，他仍在不停地思索，此时他想：S 市地处江南，夏季一定会有多次暴雨，鳝鱼从阴沟入水口涌出的情形应该不会是仅此一次吧。他向一位老人打听。老人眯眼一笑说，荒唐！哪有这等好事？W 教授忙问何故？老人的回答令 W 教授大为吃惊。

资深水产专家 M 走访了多个居民，结果同样令他吃惊不小。

原来，主街道上有家水产品收购公司，那几天收购了大量鳝鱼，暂养在后院天井的数口大水缸里，暴雨导致缸水满溢，受雷电惊吓的鳝鱼乘机纷纷溜出水缸，而天井里又有水沟直通小巷阴沟……

直到专家教授们"考察"完毕，垂头丧气地往回走时，也没有见到小 B 的身影。

BB 豆奶

　　S 公司投入巨资开发的新产品 BB 豆奶,经有关部门鉴定,无论是色香味、营养价值,还是卫生指标均堪称上乘。但上市后却遭冷遇。总经理王戈责怪销售部经理老陈工作不力,没有打开市场。老陈十分委屈,说在电视上、报纸上都做了广告,算是家喻户晓了,消费者不敢问津,我认为是 BB 豆奶价格高了。

　　王戈很反感这样的评价,语气生硬地说,一分货一分价,不赚钱,你我去喝西北风?

　　翌日,王戈总经理去省城开会,临行前又对老陈说,限你一周之内打开销路,否则,我另请高明!

　　端别人的碗,受别人管。老陈只得忍气吞声连连说是是是。

　　老陈使出浑身解数,除继续在电视上、报纸上加大广告宣传力度外,还天南海北地打电话、发电报,恳求老客户高抬贵手,拉他一把。广告费、电话费花了不少,但毫无收效,客户们均以市场疲软,各类食品已大量积压而拒绝 BB 豆奶。

　　一转眼三天时间过去了,老陈仍没有找到打开销路的良策。凭心而论,老陈是舍不得离开月薪三千元的销售部经理职位的;何况年终还有丰厚的红包呢! BB 豆奶保质期很短,眼看第一批产品要过期了,老陈心急如焚。

奇
钱

他思前想后,决定变守株待兔为主动出击。主意一定,一辆装满 BB 豆奶的双排座货车就开到大街上。车箱两边挂着红布白字的宣传横幅,如斗的"BB 豆奶"几个大字十分夺目。老陈和几个销售人员手执便携式扩音器不歇声地说着 BB 豆奶如何如何好之类的话。围观者众多,问价者也不少,但都嫌贵,不买。几个嘴馋的小孩嚷着要喝,大人却说,都不买,买啥? 硬拽着把小孩拉走了。小孩恋恋不舍,大哭。老陈被小孩们的表现感动了。老陈只恨自己不是总经理,这 BB 豆奶不是自己的。要不,他真会送一些给小孩们品尝。

一连几天,老陈都带领销售人员上街,但仍无法煽动起市民的购买欲望。

这天是星期天,也是王戈总经理回公司的日子。老陈不顾销售人员的埋怨和反对,又吩咐把装满 BB 豆奶的货车开到大街上。他知道这样做是徒劳,但他想让王戈看到他老陈为销售 BB 豆奶是费了心尽了力的。他实在是不愿离开 S 公司。

王戈总经理一回公司,就派人把正在大街上吆喝买卖的老陈叫到办公室,劈脸就对老陈一顿呵斥,你沿街叫卖,岂不是往本公司脸上抹屎吗? BB 豆奶是新产品,不是处理货! 把老陈训得只差寻个地缝钻进去。最后,王戈用不容商量的口气说,我正式通知你,你被解雇了。被你拉到大街上丢人现眼的 BB 豆奶也别拉回了,就算这个月我给你的工资和奖金吧!

老陈没料到王戈会如此绝情,他气愤至极,真想把这车 BB 豆奶扔进臭水河。他转念一想,我留着也喝不了,卖又卖不掉,何不送给小朋友们喝了算了。再者, BB 豆奶无人要免费送人喝,看你 S 公司还有没有面子? 看你王戈还神气不!

BB 豆奶不要钱,白喝! 小朋友每人一瓶! 老陈一吆喝,这消息便长了翅膀。这天,有数不清的小孩喝到了 BB 豆奶。

老陈觉得出了一口恶气。

令老陈万万没有想到的是,第三天王戈总经理就亲自登门,要他继续担任销售部经理,并许诺每月再增加工资一千元。王戈总经理称赞老陈的"欲擒故纵"销售法,使 BB 豆奶成为市场抢手货,受到小朋友的青睐。

老陈迷糊了,他怎么也不相信这是真的。

讨债

是吉夫自己提出为厂里去收这笔货款的。

吉夫在风姿毛巾厂供销科工作,近几年许多中小型企业不景气,风姿毛巾厂也难逃厄运,产品销不出去,货款收不回来,日子过得捉襟见肘。

急得焦头烂额的厂长盯着又矮又瘦的吉夫,使劲摇摇头说:A 省 B 市 C 公司赖账,几次派人去也收不回的货款,你有本事收得回?

吉夫说:我试试吧,别人收不回,不见得我也收不回!

厂长当然希望好梦成真,便略带激将的口吻说:"你讨回了这笔债我奖你三千元!"

翌日,吉夫便走进 A 省 B 市 C 公司,推开 D 经理办公室的门。

吉夫递上自己的名片。矮矮胖胖,面色红润的 D 经理先皱皱眉头,后露出微笑,起身和吉夫握了握手,说:啊,风姿厂的,请坐。

吉夫开门见山说:经理,我是来讨债的。

D 经理说:我公司目前入不敷出,别人欠我公司的钱也收不回呀!

吉夫说:贵公司与别人的事,和风姿厂无关。

寄
钱

　　D经理沉吟一下说：你们厂上个月来过两拨人，我对他们都说了，这笔货款再缓一下。

　　吉夫说：拖两年了，不能再缓了！

　　D经理说：我和你们厂长通过电话的，他很体谅我……

　　吉夫在沙发上坐下说：不！是厂长派我来的。

　　D经理忙起身泡了杯茶，放在吉夫面前的茶几上，然后友好地挨吉夫坐下，笑着说：别急，先喝杯茶。

　　吉夫却打开自己的提包，取出一只有旋盖的玻璃杯说：我用自己的口杯……

　　D经理说：我们的杯子天天消了毒的。

　　吉夫没吭声，用手揉揉上腹，脸上现出难受的表情。

　　D经理见状说：还没用餐吧？

　　吉夫说：不，不是，肝区有点不适……

　　D经理：你病了？

　　吉夫忙说：没什么，没什么！小毛病。

　　吉夫起身给自己的玻璃杯斟上开水，又从口袋拿出一瓶药丸，放在茶几上，说：只顾赶路，忘了服药。

　　D经理看了看药瓶标签，又看了看瘦弱的吉夫，问道：你有肝炎？

　　吉夫倒出几粒药丸放进嘴里，用开水送服后说：没事，没事，小毛病。

　　D经理顿时像躲避瘟疫似的坐回办公桌旁。随即拿起电话，抬头对吉夫说：出差在外，很辛苦的，你有病更辛苦。这样吧，我给你到宾馆开个房间，你先去休息休息。

　　吉夫说：住宿的事，我自己办好了。

　　D经理想了想说：我马上派人给你买回程车票。货款问题，你放心，我公司会尽快想办法的。你们厂长也真是，你有病还派你出差！

　　吉夫说：不！收不回货款，我就不回去！

　　D经理一边拨电话一边说：别这样嘛！

吉夫急忙走到办公桌前说:经理,先别打电话,你不给货款,我回去不好交代呀!

吉夫随即用手摸摸鼻子,突然朝着 D 经理,连连打了两个响亮的喷嚏。

D 经理反应异常迅速,急忙放下电话屏住呼吸,用手帕去捂住脸。

吉夫连忙说:对不起,对不起! 把喷嚏打到你脸上了。吉夫掏出手帕,要替 D 经理擦脸。

D 经理敏捷地躲开了:没关系,没关系!

吉夫说:经理,我们厂长说,收不回货款,就叫我住下来,我得天天来找您。

D 经理紧皱眉头想了想,站起身来说:我公司目前实在是有困难呀! 我想想办法……

吉夫说:经理,我明天来听消息。

D 经理说:哎,你稍等吧,我到财务科走走,看账上有钱没有? 你坐。

吉夫觉得蹊跷,查账干吗不打个电话问问? 吉夫把头伸出门外,见 D 经理并未去财务科,而是径直走到过道尽头的水池子边,拧开水龙头。先是反复洗手,后用双手掬水,仔细擦洗脸部,又漱了口,忙乎了好一阵子才回转身来。

D 经理一会儿回到办公室对吉夫说:你这次来,运气好。我们账上刚进了 15 万元。

吉夫满载而归。吉夫找到厂长,说:我来领奖金。

厂长眉眼都是笑,说:奖金一分不会少。说说你讨债的高招,我也好见识见识。

吉夫本不肯说,在厂长的催促下,还是说开了。

厂长没听完就打断吉夫的话:别说了,你这小子……

厂长记起:几年前,吉夫要求从生产车间调到供销科,他开始坚决不同意,后来……

买卖

　　杨岗是个专卖皮鞋的个体户,生意一直不错。自从隔壁一家挺气派的百货大楼建成营业后,他的小店便日渐萧条了。

　　和新婚的妻子小玉去广州度蜜月前几天,杨岗挂出"大出血"牌子,要把剩下的皮鞋贱卖掉。

　　来了一对青年男女。女的问:"这鞋什么牌子?"

　　杨岗答:"牛头牌。"

　　男的说:"就买牛头牌的,名牌呢!"

　　女的便仔仔细细看鞋的商标,又反复看鞋底鞋帮问:"真牛头还是假牛头?"

　　"百分之百的正宗货。"杨岗没有撒谎。

　　女的半信半疑地看看杨岗,看看皮鞋,又看看杨岗,看看皮鞋,然后放下鞋,对男的说:"百货大楼也有。"

　　"那里的和这一模一样,价格比这贵三十元呢!"杨岗想留住他们。

　　女的又对男的说:"大店子'水货'少,贵点值。"

　　"嗨,百货大楼的牛头牌皮鞋还是从我这儿进的货哩!"杨岗大声说。他也没有撒谎。

　　男女青年还是走了。

　　男女青年从百货大楼出来时,杨岗看见那男的提着皮鞋盒。是牛头牌。

　　杨岗便骂:"操!钱多了是不是?"

又来了个中年男子，问："这鞋什么牌？"

杨岗答："牛头牌。"

中年男子仔仔细细看鞋的商标，又反反复复看鞋底鞋帮，说："真牛头还是假牛头？"

"不是真的你砸了我的店！"杨岗很认真地说。

中年男子将信将疑地看看皮鞋，看看杨岗，又看看皮鞋，看看杨岗，然后放下鞋，欲走。

杨岗说："真心买再便宜十元。"

中年男子说："当然要买。"

中年男子又说："我到百货大楼看看。"

"那里的和这一模一样呢！价格比这里的贵三十元哩。"杨岗想留住他，"他们的牛头牌皮鞋还是从我这儿进的货呢……"

中年男子头也不回。

一会儿，中年男子从百货大楼出来，手里捧着鞋盒。也是牛头牌。

杨岗又骂："操！钱多了是不是？"

又来了一个老头……

又来了两个青年学生……

问者倒是不少，成交的却没有。

杨岗发火了，对妻子小玉说："不卖了，关门！提前度假去！"

杨岗和小玉在广州痛痛快快玩了两星期。归前，小玉提出买台进口的摄像机玩玩。

杨岗说好，我也早想买一台，买就买日本索尼的。

他们到白天鹅宾馆购物中心问价，家用索尼牌摄像机要价一万多元。

杨岗说："货比三家，到别的商店看看。"

他们走进一家挂着"家电总汇"招牌的个体商店。

杨岗问："有家用索尼摄像机吗？"

"有，索尼，名牌呢！"店主指着柜台上的陈列品道。

奇
钱

杨岗仔仔细细看摄像机的标志，又反反复复看摄像机的结构、式样，问："是组装还是原装？"

"百分之百的日本原装。"店主没有撒谎。

"多少钱？"

"八千五百三十八元。"店主答。

"比购物中心便宜两千多块，买吧！"小玉说。

杨岗问："一样的牌子和型号，怎么会便宜这么多？"

店主答："个体经营、价格灵活嘛，已卖掉好多台了，薄利多销嘛！"

杨岗满腹疑虑："不是冒牌货吧？"

"要是冒牌货你砸了我的店！"店主很认真地说。

杨岗半信半疑看看店主，看看摄像机，又看看店主，看看摄像机，然而，拉了小玉一把，说，"我们到别的店子看看。"

"嗨！不骗你的嘛，真的货真价实啦！"店主想留住他们。

"我们等会儿来买。"杨岗头也不回。

杨岗和小玉终于有了一台日本家用索尼牌摄像机，是到白天鹅宾馆购物中心买的，花了一万多元。

买肉

她每天去农贸市场买菜，但很少买肉，如今的屠户缺德得很，病猪肉、猪婆肉也拿来卖,她分辨不出哪是病猪肉、猪婆肉,哪是好猪肉,便不敢买。

自从认识他之后,她便放心大胆买肉了。

一天,她经过他的肉摊,他叫住她,说:"你不认识我了? 我们曾经是邻居呀!"

她盯了他好一会儿,终于想起来了。十年前,她和他确实曾住在同一条小巷里,但不是邻居,也没有什么往来。

他说:买肉吧?

她犹犹豫豫,说:想是想买……

他说:买多少?

她说:就怕买到病猪肉、猪婆肉!

他指指挂在铁架上的猪肉,说:买我的绝对放心。我会骗熟人?

她仍不放心,但又不好推脱,说:那就买两斤吧。

回家后,家里人问她:该不是买的病猪肉、猪婆肉吧?

她说:不会吧,卖肉的是个熟人。

家里人说:卖肉就为赚钱,还管你是生人熟人?

她答不出话来,这餐肉也没吃出滋味来。

其实她和她家里人是十分喜欢吃猪肉的。过了几天,她又去买肉。她没有直接去他的肉摊,而是在如林的肉架前转来转去。她分辨不出哪是病猪肉、猪婆肉,哪是好猪肉。于是又回到他的肉摊前。

他见了她,热情地说:又买肉?

她点点头,说:买肉。

他却不动刀割肉,而是神秘兮兮小声对她说:今天我卖的肉也别买……你明天来吧。

回家后,家里人问她怎么没买肉?

她便把他对她说的话对家里人说了。还说:生人熟人就是不一样嘛!

家里人也说:这人还够义气的。

于是,她以后便只买他卖的猪肉。她还推荐别人买他卖的肉,还把他曾

对她说过的"今天我卖的肉也别买"的话学说一遍。

于是,他的生意便很兴隆。

一天家里有人过生日,她在他肉摊上买了四斤肉,买肉后,她又去买鱼、买蔬菜。转来转去,她又经过他的肉摊,无意中听到了他对一个老婆婆说的话。他对老婆婆说:今天我卖的肉您也别买⋯⋯您明天来吧。

她再看他的肉架,架上好多挂肉的铁钩子都空着,那猪肉差不多已卖光了。

她站在那儿,木了。

恼人的电话

霞和芳是好朋友,有说不完的体己话。过去读书同班同桌,上课讲小话是出了名的,老师骂她俩嘴上没安闩。如今,都结婚成了家,谈兴更浓。谈丈夫、谈孩子、谈家务、谈时装,一见面,话就像滔滔河水不断线。

霞到芳家,要走二百米路,坐四站公共汽车;芳到霞家,要坐四站公共汽车,走二百米路,加上抱着小孩挤车、赶路委实很不方便。这也难不倒她们,仍隔三岔五互访,为的是侃大山。

一天,霞送芳出门,天突然下起了大雨,芳既沮丧又恋恋不舍,说:我们要是住一栋楼就好了。霞心领神会地说:住一个单元门对门更好。芳解嘲地笑笑说:不过这不现实,最好两家都安上电话。霞说:对,想什么时候聊就什么时候聊！芳说:聊个够！

霞送走芳,回房就对丈夫伟说:我们安部电话吧!伟是机关小职员,工薪阶层,手边不宽裕,说:又不经商,安个电话闲着?霞说:不经商,找个朋友聊几句也不行呀?你整天不在家,我嘴都闭臭哩!

伟心想也是,说:就安部电话吧!

芳得知霞家里安了电话,急不可待地对丈夫勇说:我们安部电话吧!勇是工厂技术员,现今企业效益不好,手头紧巴,说:又不做生意,安个电话好看?芳说:霞的那个也不做生意,她家能安,我家不能安?芳说着眼圈都红了。勇见状,连忙说:就安部电话吧!

没多久,霞和芳的愿望都变成了现实。霞家里是月初安的电话,芳家里是月末安的电话。芳的第一个电话是打给霞的:喂,你猜出我是谁吗?霞说:你的声音还听不出?你是芳。喂,你家也安电话了?芳说:安了,刚安好哩。霞说:那就好,那就好!我正准备到你家来呢!告诉你,我儿子会叫我妈妈了!你听着,他在话筒边叫给你听。芳听了说:喂,你儿子咬字蛮清楚呢!喂,告诉你,我女儿会数数了,从1数到10呢!你听不听……嗬,霞,你等等,女儿尿湿裤子啦……

芳刚给女儿换好裤子,电话叮叮响起来。芳拿起话筒,是霞。霞说:芳,告诉你个好消息,你要买的高弹力健美裤,我们这里的商店到货了,买不买?芳说:什么颜色呀?霞说:黑色的,蓝色的,烟色的都有。芳说:多钱一条?霞说:便宜呢,三十五元。芳说:我不想买了,穿在身上箍得紧巴巴的,来月经了,前后鼓个砣,不好看哩!霞说:来月经那几天就不穿嘛!芳说:我还是不想买。霞说:那就算了,你不买我也不买。芳说:那就买吧,我只买一条。霞说:我也买一条……

安了电话,霞和芳不用走路,不用挤车,就能侃大山。一会儿芳家的电话叮叮响起来,一会儿霞家的电话叮叮响起来。她们在电话里谈丈夫,谈孩子,谈家务,谈时装,日子过得充实,惬意。

一天,芳正要放下话筒,丈夫勇回来了。勇问:跟霞打电话?芳点点

头。勇说:是她打过来的,还是你打过去的?芳说:是我打过去的。勇叹口气说:难怪电话费这么高!芳说:多少?勇拿出电话费收据,说:第一个月就一百八十多元呢!芳夺过收据,看后,一脸难过,说:工资快去了一半哩……勇想了想,宽慰芳说:电话是单向收费,今后你等霞打过来,再聊……懂吗?芳点点头。

一天,霞正在打电话,丈夫伟回来了。等霞把电话打完,伟问:和芳通话?霞点点头。伟说:是芳打过来的,还是你打过去的?霞说:是我打过去的。霞又说:问这干吗?伟说:我没告诉你,上个月电话费快二百元哩!霞吃惊地说:真的?半个月工资?伟说:你看,我能骗你?霞看了电话费收据,一脸沮丧。伟想了想,安慰霞说:电话是单向收费哩,等芳打电话过来,再聊……懂吗?霞点点头。

打这之后,芳家的电话不响了,霞家的电话也不响了。芳心里有气,她想打个电话给霞,责问她为什么不打电话过来?但手指刚触到号码键又缩了回去。霞好久没和芳聊天了,心里痒痒的。她想打个电话到芳家里去,责问她为什么不打电话过来?但,手指刚触到号码键又缩了回去。

一天,芳终于听到电话叮叮响起来,芳喜形于色拿起话筒,正要亲亲热热地叫声霞,一听竟是勇,勇说加班画图纸,中午不回家。芳十分扫兴。

一天,霞终于听到电话叮叮响起来,霞惊喜地拿起话筒,正要叫一声芳,我的小乖乖,一听竟是伟。伟说赶写汇报材料,下班回得晚。霞十分失望。

于是,霞和芳的日子便过得很寂寞。

一天,霞和芳在路上邂逅相遇了。霞说:芳,你到哪里去?芳说:我到你家去聊天呀!你呢?霞说:我也是到你家去聊天呀!赶巧遇上了。

芳说:你怎么不打电话给我?霞说:电话里聊天没意思,面对面聊天才亲热哩!芳说:我也这样想……

霞和芳都讳莫如深地吃吃笑起来。

桌缝

　　蔡小海一来工商所就发现他的办公桌与众不同：别人的办公桌崭新的，光亮的油漆可照见人影儿；他的办公桌，油漆斑斑驳驳不说，还有一条食指宽的缝隙把桌面分成了两半。蔡小海自恃是局长介绍来的，毫无顾忌地嘟囔道："这桌子的年岁只怕比我还大。"这话被所长听见了，所长说："将就用几天吧，以后给你换张新的。"

　　蔡小海虽初来乍到，却有点儿权。个体工商户办理营业执照或缴纳工商管理费，都得找他。蔡小海嗜烟，来办事的人见了，都给他敬烟。烟都是"红塔山"、"芙蓉王"等好牌子的。常常是嘴上的烟还燃着，手里的烟又递过来了。桌上的散烟很多，蔡小海不停地抽也抽不完。所里其他人见了，便拿去抽。蔡小海觉得怪可惜的。

　　有一天，一支烟被电扇一吹，竟骨碌碌滚入桌缝。这一发现令蔡小海好高兴。之后，桌上只要有了烟，他就趁人不注意，用手指轻轻一拨，一支支烟便不显山不显水钻入桌缝落到抽屉里。下班后，把散烟装入空烟盒，带回家去，于是蔡小海便不用花钱买烟了。有几回，发现抽屉里除了散烟，还有舞票、电影票和购物优惠券等。想是个体户趁他不在从桌缝塞进去的。蔡小海常常注视着长长的桌缝，觉得它妙不可言。

　　过了两个月，所长才想起换桌子的事，他说："小蔡，给你换张新办公桌，我陪你去商店挑选。"

蔡小海连忙说，不用了。

所长说，早该换了。

蔡小海说，真的不用了。

所长笑笑说，莫不是换迟了，不高兴?

蔡小海说，旧桌子一样用，蛮好的。

所长想了想，满意地笑了。

蔡小海来工商所不到半年，年终评比时，被破例评上先进工作者。所长特地表扬了蔡小海，还反复提到办公桌的事，要求大家学习蔡小海勤俭节约的好作风。

春节前夕，工商所筹资兴建的水果批发市场建成了。市场离车站、码头都很近，是经商的黄金地段，摊位紧俏。一天，一个个体户来到蔡小海桌前，把两盒"芙蓉王"啪地丢在桌上，说，抽烟。蔡小海说，别这样。来人说，一支支敬也是抽嘛! 这人常来交工商管理费，蔡小海犹豫了一下，就把烟收下了。来人说，我想买个摊位。蔡小海便带他去找所长，所长二话没说就答应了。

这个个体户很是感激，以后每次来工商所办事，都要在蔡小海桌上放一包好烟。其他个体户见了，也跟着学。蔡小海一推辞，他们就不屑地说，如今抽包烟算个卵事呀! 蔡小海心想也是。

蔡小海的烟真的抽不完了，便带回家给父亲抽。虽然办公桌上偶尔也会有几支散烟，但他已不屑一顾了。

蔡小海和管区的许多个体户混熟了，个体户常开玩笑说，蔡同志，你真勤俭呀，还用这样的破办公桌。蔡小海不以为然，笑着回敬说，破桌子上还不照样开发票，收你们的钱! 个体户又说，要不，我们赞助你一张新桌子。这样的话听得一多，蔡小海便觉得这破桌子是该换了，再看那条呲牙咧嘴的桌缝，也怪扎人眼睛。于是，蔡小海找到所长，说桌子越来越不平，影响写字，终于把桌子换成了新的。

一天，所长从局里带回来两个不大不小的镜框，挂在两个办公室当面的墙上。是"十不准"规定。"十不准"是黑体字，十分醒目，像监督岗哨注视着每个人。

蔡小海心想那一盒盒好烟是再也拿不得了。一包好烟值十几元或二十几元呢。个体户都贼精的，几次给蔡小海整盒烟都被拒绝后，才知是工商干部整顿作风动了真格，便也不给蔡小海添麻烦。

于是，蔡小海的办公桌上又只有横七竖八的散烟了。一时抽不完的散烟只能趁无人时，一支一支捡进抽屉里。一天，蔡小海往抽屉里放烟时，碰巧被那个找他买过摊位的个体户看见了，蔡小海脸上顿时一热，觉得十分的尴尬和丢人。

望着油漆光可鉴人的新办公桌，蔡小海真希望那上面生出一道缝来。

两个总经理

雄和峰是老同学。过去，雄总不如峰。峰当少先队大队长时，雄小队长也不是；峰进商业局当干部时，雄还在家待业；峰后来成了国营远东商业大厦经理，雄只是个摆地摊卖服装的个体户。雄心里憋着一口气，发誓要混出个人样来。雄终于时来运转，几年商海拼搏，如今已成了小有名气的私营宏发商场的总经理。雄变得财大气粗，觉得峰不如他了，寻思着要在峰面前"显"一回。

奇钱

一日,雄在本市最豪华的花都大酒店宴请峰。老同学海阔天空地聊了一阵后,雄忽然不动声色地问峰:听说你每月工资上千元?

峰说:哪会那么多,就四五百元。

雄说:还不够我一个月的烟酒钱呀!

峰说:那是。

雄不失时机地说:我劝你别在"远东"干了,辞了职自己干,凭你的才干,几年就能发,跟我一样!

峰沉吟片刻,说:跟你一样,有什么好?

雄自得地笑笑说:说句不见外的话,你"远东"赚的再多也是公家的,我"宏发"赚的全落进我的腰包!

峰略一思忖,盯着雄说:那又怎么样呢?

雄说:我自己的钱,想花就花,想怎么花就怎么花,想花多少就花多少。"远东"的钱,你敢随心所欲?

峰一笑,说:那要怎么看……

雄正在兴头上,不假思索地说:比如面前这桌饭菜,花个千儿八百的,就我一句话!

峰不屑地笑笑说:这有何难?我花个千儿八百请你吃饭,也只需要签个字?

雄不解:签个字?

峰说:是呀,签了字公家报销。又说:你花多了,说不定心里还疼呢!

雄沉默了一会儿,忽然灵机一动说:"宏发"商场的商品是我的,我要送你一台"画王"彩电,你搬走就是了,字条也不用写一张。"远东"的东西,你敢随便送人?

峰嘿嘿一笑,说:你以为我不能?我明天就送台"索尼"牌镭射影碟机给你,信不信?

雄说:你私人掏腰包的我不要!

峰说:当然不是。

雄说：你不怕公私不分受查处？

峰说：查个屁！商品报损不就我一句话！

雄瞪大眼睛，说："远东"玩亏了你好交差？

峰说："远东"玩亏了是公家的，"宏发"亏了是你自己的。你亏了，破产了，说不定要跳楼……

雄有些不快，打断峰的话："远东"亏了，你会有好果子吃？

峰平静地说："远东"亏了，我工资、奖金一个子儿不少拿，充其量换个单位，嘿！我照样还当总经理……

雄语塞了，他万万没料到谈话的结局会是这样。他在心里骂道：妈的，看来我还是不如峰！

"飞车王"的喜剧

陶丝丝是市公共汽车公司的团支书兼安全督察组组长。陶丝丝身材苗条，眉目清秀，在街上走回头率特高，是公认的"司花"。公司里许多小伙子见了陶丝丝眼馋得要命，只想和她套近乎，但真要和她面对面坐着或站着时又手足无措说不出话来了。只有跑城区一号线路一号车的驾驶员李小展是个例外。

李小展长得帅气，人很聪明，驾驶技术又好，但有个喜欢开快车的毛病。用他自己的话说，我就喜欢腾云驾雾的感觉，挂五档我还嫌慢哩，像舒马赫

驾驶方程式赛车那才叫过瘾呢！由此得了个"飞车王"的外号。城区行车限定时速三十公里，他偏要"超标"，由于车速快，几次被交通警扣了驾驶执照。有一次还刹车不及闯了红灯。李小展受到了公司安全督察组的严厉批评，是陶丝丝帮助的重点对象。但李小展的毛病老改不了，令陶丝丝很是头疼。

一天，李小展又犯了事。陶丝丝找李小展谈话时，忍不住恶狠狠地说："都说驾驶员是一只脚踏油门，一只脚踏牢门。你就不怕闹出交通事故？这毛病不改掉，会一辈子打光棍！"

李小展盯着陶丝丝漂亮的脸蛋，嬉皮笑脸地说："好，我不开快车了，你肯嫁给我吗？"

陶丝丝除了不喜欢李小展开快车的毛病外，对李小展早有好感，听了这话，不由得脸热心跳，为掩饰自己的羞涩，她撇撇嘴说："你想得美哩！"

李小展又笑嘻嘻说："你刚才说的话不是这个意思吗？"

陶丝丝绯红着脸说："你一个大男人说话还不算数哩！"

李小展连忙说："好好好，这回我说话算数，你说话可也要算数呀！"

打这以后，陶丝丝对李小展的行车情况进行了暗访，发现李小展真的变了，行车严格遵守城区交通规定，再也没有开过快车。陶丝丝也不食言，真的和李小展好上了，两人常常在花前月下如胶似漆地热乎。公司领导问陶丝丝是用什么办法降服了李小展这匹烈马？陶丝丝神秘的一笑说，用鞭子抽呀！

一天，陶丝丝拆阅乘客来信，不由得大吃一惊，有五封来信都说一号线路一号车司机开快车，急刹车，闪了乘客的腰，碰了乘客的脑袋。陶丝丝气坏了。晚上她把李小展约到滨湖公园里，一见面就气呼呼地说："我俩还是趁早分手吧！"

李小展早明白是什么回事，自知理亏，怯怯地说："我改就是了……"

陶丝丝白了李小展一眼，严肃地说："你是改不了了。我现在正式通知你，经安全督察组提议，报公司党委同意，从明天起，你被调到郊区线路上去了，让你去过开快车的瘾吧！”陶丝丝说罢转身就走。

李小展一下子慌了神，急忙拉住陶丝丝，言辞恳切地说：“丝丝，请你相信我，我一定彻底改掉这个毛病。”

陶丝丝余气未消，说：“好吧，给你最后一次机会，如果再犯老毛病就别来见我！”

郊区线路乘客少，司机和售票员的收入也要少一些，把李小展调到郊区线路跑车实则带有惩罚的意味。李小展是个很要强的人，开始情绪有些低落，后来他下定决心要混出个人样来。果然不久，公司便收到了许多乘客称赞李小展的表扬信，说李小展和售票员文明待客，服务周到，是广大乘客的贴心人。乘客说的是大实话，李小展跑的这趟车的营业额逐月增加就是证明。

李小展进步了，最高兴的是陶丝丝。两人的关系更亲密了，并决定在春节后举行婚礼。

哪知天有不测风云，正当陶丝丝兴高采烈筹办嫁妆时，忽然传来李小展不听交通警指挥，飞车强行冲击交通警临时设置的关卡的消息。还听说李小展连车带人进了市公安局。

陶丝丝一听，头都晕了，心想，这回李小展闯大祸了。她气急败坏地赶到市公安局，见李小展正和几名警察在办公室里谈话，便不问青红皂白把李小展拉到门外，训斥道：“叫你别开快车你偏不听，你真是狗改不了吃屎的臭本性！我俩这婚没法结了……”

李小展像个做错了事的孩子，搓着手小声说：“对不起，真的对不起，你听我说……”

陶丝丝心情坏透了，哪还有听李小展解释的耐心，她怒发冲冠地说：“我不听，我不听！再解释也枉然。”说罢扭头就走，泪水禁不住夺眶而出。

警察们见状，急忙拦住陶丝丝，又对李小展说：“李小展同志，你怎么不说话呀？”

原来，临近春节，郊区线路的乘客一日多似一日。这天下午，从起点站乘坐李小展这趟车的乘客就满员了。李小展满怀喜悦不紧不慢驾车往终点

站驶去。汽车驶出市区不久，忽然车厢里响起一片闹哄哄的声音。李小展回头一望，不由得大吃一惊，原来是三名混在乘客中的歹徒正在手持凶器洗劫乘客财物。李小展减慢车速，大喝一声道："抢劫犯法，住手！"他的话刚落音，就窜过来一名歹徒，用匕首顶住他的腰部凶神恶煞地说："再叫我捅死你！你听着，我不要你停车不准停车！"李小展没有被歹徒的气势汹汹所吓倒，他想起前面有一段公路正在搞维修，于是灵机一动，立即换档加油，不顾路上竖着的"前面施工，车辆缓行"的告示，开足马力向前冲去，接连撞倒了几个木制路障。在此维持秩序的交通警见状，立即放下拦车横杆……

警察们接着说，李小展此次违章不仅不受罚还要奖赏。他急中生智擒获了三名歹徒。

陶丝丝破涕为笑，她责怪李小展说："你真坏，做了好事还口口声声说对不起干吗？"

李小展依旧小声说："我不知道那三个人中间还有你的表弟……"

陶丝丝略微惊诧了一下，随即扑上去紧紧地把李小展抱住，在他脸上重重地亲了一口。

夫妻舞伴

他和她是夫妻。

他和她同在一个厂子工作，厂子很大。他和她是在厂里举办的一次联欢晚会上认识的。那天,他是演员,她是观众,她看着看着,忽然情不自禁地对身旁一个人说他长得帅,舞也跳得棒。后来这话不知怎么传到他耳朵里,他就找到她宿舍来了。她当然也挺高兴。于是就恋爱,就结了婚。

她从不跳舞。不认识他前,她喜欢看他跳舞,恋爱时她不喜欢他跳舞,结婚后她便不准他跳舞了。他舞瘾大,偷偷跳了几回,她知道了便吵了几回。他对她说:"我们的姻缘与舞有关,你为何不让跳?"

她说:"我见不得你搂着别的姑娘!"

他定定地看着她,她长得很漂亮,她在街上走,男人们的目光也跟着她走。他很知足,说:"我跳舞跟其他人打乒乓球、打牌、下棋一样,业余爱好,没别的意思。"

她说:"不让跳就是不让跳嘛!"

于是他不再去舞厅,但心里想着舞厅。舞瘾来了就打开收录机在家里独舞。

他独舞时,她边打毛衣边看,心情十分愉快。

一天,他在客厅里跳了一阵子后,觉得不解瘾,便停下挨她坐下,深深地叹口气。

"叹什么?"

"你会跳舞就好了。"

"我不跳!"

"我们在家里跳。"

她看着他,想了想,说:"好。"

她的乐感不错。他教她,她一学便会。不几日,慢三、中三、快三、慢四、中四、快四、探戈、伦巴竟跳得潇洒自如了。

他夸她:"你有舞蹈细胞,跳得真好!"

"真的?"

"真的! 教你学跳舞没有发生谁踩谁的脚的事,真难得!"

有舞伴了,他很高兴。会跳舞了,她更高兴。她对他说:"难怪你跳舞

寄
钱

有瘾！"

他会意："你也有瘾了？"

她笑笑，默认了。

于是，每天晚饭后的餐具推迟洗了，换下的脏衣服推迟洗了。他和她的业余时间都融化在音乐的旋律里了。

一天，他们放舞曲《梁祝》跳探戈。跳得如痴如醉。突然，她哎哟叫起来。原来他托着她做后仰动作时，她的头碰着了电冰箱门。

磕碰得并不太重，但她不想跳了，闷闷地说："扫兴！这客厅太小了点"

他抓住时机，说："我们去舞厅里跳！"

她想了想，说："好！"

去舞厅的路上，她又说："不许和别人跳！你，还有我。"

于是，他只和她跳，她只和他跳。有男青年邀请她时，她就赶紧指指他说："他早邀请过了。"他很想邀请别的姑娘跳，有她在，他不敢。

他和她天天去舞厅跳舞。他天天只和她跳。她天天只和他跳。

这样，过了许多日子。

任何事情总有例外，今晚，她还是和一个英俊的男青年跳过一次——她的他肚子不舒服，去卫生间去了很久。今晚，他也和一个标致的姑娘跳过一次——他的她也因肚子不舒服，去卫生间去了很久。

她和那男青年跳时，觉得很惬意，回味无穷。他和那姑娘跳时，觉得很惬意，回味无穷。

她和别人跳，他不知道。他和别人跳，她不知道。

她从卫生间出来后，他正好独坐在那里。于是，他和她又在扑朔迷离的灯影里旋转起来。跳着跳着，她突然觉得不对劲儿，他时不时踩她的脚。跳着跳着，他也觉得不对劲儿，她时不时踩他的脚。

这是怎么啦？她想。这是怎么啦？他想。

一支舞曲没跳完，他和她都不想跳了。

出了舞厅，他问她："身体不舒服？"

"头有点晕……"她说。但她撒了谎。

她问他："你呢？"

"头也有点晕……"他说。也撒了谎。

Ke Long Yi Ge Hui

克隆一个慧

告状

赛赛和飞飞是夫妻。飞飞不务正业,醉了酒输了钱什么的,就拿赛赛出气。赛赛常常挨飞飞的打。飞飞很狡猾,不打赛赛的头和脸,专打赛赛的胸部、背部和下身,打那些旁人看不到的地方。赛赛是个很漂亮的女人,也是个很要面子的女人,挨打时强忍着疼痛一声不吭,她不想让旁人知道。

赛赛遍身是青一块紫一块的伤,她终于无法忍受了,她决定去告状。赛赛不想惊动村里的人,一天,她趁飞飞出门早不在家时,悄悄去了乡派出所,办公室里一个瘦男人在看报,睃了赛赛一眼说,有事吗? 赛赛说,我来告状! 瘦男人头也不抬说,告谁? 赛赛说,男人打女人你们管不管? 瘦男人这才放下报纸,侧过脸问,现在还在打吗? 赛赛说,现在没打,等会儿肯定又会打! 瘦男人说,打的时候再来叫我。赛赛很为难地想,我挨打时不能来,能来的时候没挨打呀。赛赛又说,那男人狠毒得很,女人被打得好惨! 瘦男人说,会打死吗? 赛赛愣了愣说,打死? 现在不管,打死就迟了。瘦男人皱皱眉头,突然想到了什么,说,你还是去找妇联主任反映吧,在楼上。

赛赛推开乡妇联办公室的门,看见一男一女好像在说笑话儿,都很开心的样子。男的马上冷了脸说,找谁? 怎么不先敲门! 赛赛说,我找妇联主任。男的没好气说,妇女主任不在! 女的朝男的使个眼色,接过话头说,找我? 找我有什么事? 赛赛犹豫着不吭声,她不想当着这男人的面说自己的事。女的说，有什么就说，他也是乡政府的。赛赛见那男的没有离开的意思，只得说，我要告状。女的问赛赛你是哪村的？告什么状？赛赛说我是赵村的。犹豫了片刻，又说，男人打女人，打得好狠！你们管不管？女的问是打你吗？赛赛轻轻嗯了一声。女的看见赛赛衣着整齐，头发不乱，脸上光洁，没有被狠打的痕迹，又说，是打你吗？赛赛说，嗯。女的说，打你？怎么看不出来。赛赛被问住了。赛赛当然不肯露出自己的胸、背和私处让这男人看见。赛赛停了一会儿，灵机一动撒谎说，这挨打的女人是我的邻居……赛赛的话头立刻被那男的打断了，男的口气生硬地说，挨了打的人不来告状，说明没什么大事，你管别人家里的事干吗！赛赛想到自己一进家门准挨飞飞的狠打，就说，那个男人天天都打女人，女人现在肯定也在挨打。你们派个人跟我去看看吧。男的说，你怎么知道女人正在挨打？你有千里眼顺风耳？赛赛被戗得住了嘴。女的见赛赛没话说了，缓和了口气说，我们正在谈工作，很忙。你告诉那个挨打的女人，要她改天自己来说。

无奈之际，赛赛又悄悄跑回娘家。赛赛对娘说，我再也不回那个家了。娘说，是不是两口子闹别扭了？赛赛点了一下头。娘说，夫妻没有隔夜仇，忍一忍就过去了。赛赛忍不住眼泪断线珠子般流下来，说，娘，飞飞好凶呵！娘说，他打你了？赛赛说，打了。娘急忙说，打的哪里？让娘看看。赛赛不想让娘看见她身上的累累伤痕，她怕娘难过。赛赛擦了擦眼泪强笑了一下，撒谎说，打了我两巴掌。娘轻轻啊了一声说，还好还好。比我当初……当听见赛赛的爹闷闷地一声"哼"，娘立时刹住话头。停了停，娘又对赛赛说，没什么大不了的事，回去吧。赛赛说，我想在娘家住住。娘偷偷看了一眼赛赛的爹说，住多久？赛赛怯怯地说，住下就不走了。娘急了，说，使不得！这要遭人笑话！一直闷头抽烟的爹也发话了，说，嫁出去的女，泼出去的水！爹娘都不肯收留赛赛，赛赛也没敢在娘家久留。

赛赛匆匆往家里赶，离家越近她心里越害怕。果然，赛赛一走进家门就被飞飞扇了一巴掌。赛赛说你怎么无缘无故打人？飞飞说，你死到哪里去了？午饭也不做！赛赛不想理睬飞飞了，赶紧走进厨房生火做饭。飞飞追到厨房里说，我问你你上午死到哪里去了？赛赛说，我有事回娘家去了。飞飞说你回娘家告状去了不是？赛赛还来不及回话，飞飞的脚已踢到赛赛腿上，很重的一脚，赛赛一下子跌坐在地上。赛赛一边说你怎么这样狠毒！一边忍着疼痛从地上爬起来去切菜。飞飞没料到自己的脚也给踢疼了，又恼怒地挥着擀面棒向赛赛奔去。赛赛忍无可忍，气急败坏一扬菜刀，刀刃不偏不倚地吻在了飞飞的脖子上，顿时血如泉涌。

飞飞死了。

赛赛杀夫的事传得风快。很长时间是人们茶余饭后的一道话题。一家电视台的法制栏目还为此做了一档节目。节目里，赛赛的邻居说，这事不能怪我们。有句俗话，夫妻打架不用劝，中间有根和气"钻"嘛！乡里的有关负责人说，赛赛本人没有如实反映情况，清官难断家务事呗！法律专家说，这是一桩因为家庭暴力引发的典型刑事案件，值得进行深入探讨……主持人最后语重心长说，赛赛原本是个受害者，但她不学法不懂法，不知道用法律武器保护自己，结果把自己也断送了……

赛赛的父母边看电视边以泪洗面。

女人比男人勤快

听说如花似玉的阿珍姑娘要调到这个办公室里来，老赵老耿老庞都暗暗乐开了。他们都是五十挂零的人了，而且都是作风正派，决不会想入非非、

干出寻花问柳的事情来的。他们高兴自有他们的理由。

老赵老耿老庞统治这间办公室已快四个年头了。他们的工作顺利且愉快，唯一令他们头疼的是办公室里的"家务活"。蹲过机关的人都知道，那办公室必得每日一小扫，每周一大扫，非搞得窗明几净不可；况且如今机关干部实行千分计奖目标岗位责任制，卫生就属考核内容，就更是马虎不得的了。老赵老耿老庞偏偏干不了这个。老赵说："我站在凳子上擦玻璃，人就恍恍惚惚，说不定有朝一日栽到楼下边。"老耿说："我一用拖把拖地板，就心律不齐了。"老庞说："我在家里，不知道扫帚、抹布儿是什么模样儿。"机关每回检查卫生，各个办公室都贴红条受表扬，只有他们办公室是贴白条挨批评。他们终于发现了奥秘：贴红条的办公室里都有一两个勤快的女同胞。红条儿是她们用勤劳挣来的。于是，老赵老耿老庞便梦寐以求：办公室来个女同胞就好了。

女同胞终于盼来了。

阿珍姑娘来上班这天，是个天气变化无常的日子。之所以称为"变化无常"是因为上午还是晴空红太阳的，下午却陡地刮起了北风，刮得电线呜呜响。天阴下脸来，还飘下来雪珠子，气温急剧下降。

老赵老耿老庞穿得单薄，哪经得住这寒冷的袭击，一个个蜷缩在办公桌旁，冻得唏嘘有声。

"真冷！"老赵对老耿说。

"真冷！"老耿对老庞说。

"真冷！"老庞对老赵说。

阿珍姑娘的办公桌靠北窗，窗户上缺了一块玻璃，风将她的头发吹得一扬一扬的，可她没有吭声。她正埋头赶写一份材料。不过，老赵老耿老庞的话她都听见了。初来乍到的人对周围的一切常常更敏感。

"阿珍，冷不冷？"老赵老耿老庞盯着阿珍那飘扬着的头发，几乎同时问道。

"还好。"

"到底是年轻人，抗得住。"老赵说，"我可冷得受不住了！"

"我身上像泼了盆凉水。"老耿说。

"我也是。"老庞附和。

"我给你们烧盆火！"忽然响起银铃般的声音。老赵老耿老庞扭头一看，阿珍姑娘正向他们走来。姑娘主动提出烧火，这是他们始料未及的，又是意料之中的。他们相互一望，会心地笑了。是呀，都十月底了，该烤火了。我们怎没想到呢？还是姑娘心细，于是齐声称好。

阿珍姑娘原地转了个圈，眼睛骨碌碌往室内旮旮旯旯瞧瞧，火盆，木炭，火钳一样也没有，便说："生火的东西呢？"

"啊，还没领来。"老赵说。

"还锁在楼下杂屋里。"老耿说。

"要找传达室毛伯开门锁。"老庞说。

阿珍姑娘把手绢的四角扎上，做了顶方帽罩在头上，又从抽屉里找出一双旧手套戴上，便蹦蹦跳跳下楼去了。

看着阿珍姑娘那利索能干的样子，老赵老耿老庞舒心地笑了。一会儿，阿珍姑娘回来了，只是两手儿空空。原来那火盆被一些杂物压着，她使出吃奶的劲也没有拉动。"火盆压着，拉不动，请哪位帮帮忙！"阿珍说。

"我去。"老赵自告奋勇。

"你搬不动，我去。"老耿也急忙站起身来。

"没问题。你别小看我，搬个火盆不在话下。"说罢老赵噔噔噔下楼去了。

等老赵一走，阿珍姑娘问老耿："有撮箕吗？"

"干什么？"

"装木炭呀！"阿珍姑娘说，"那木炭一麻袋一麻袋的，我搬不动。我用撮箕去装。"

"哎，那多麻烦！"老耿说，"这样吧，我和你抬一麻袋上来，反正以后要烧。"

"我去！"老庞连忙走过来，"我比阿珍力气大。"说完马上和老耿下楼去了。

火盆不好拿，四四方方的木架子上放着一个盛着灰的铁盆盆，沉甸甸的，要端上楼绝非易事。老赵却很轻松地将它搬上楼来了。

一麻袋木炭，少说也有七八十斤，老耿老庞一人抓住麻袋的一头，一口气便把这鼓鼓囊囊的物件抬上了楼。

阿珍姑娘找来了火钳和引火柴。

火燃起来了。老赵老耿老庞团团将火围住。炭火映红了他们的脸庞，烤热了他们的躯体，同时也温暖了他们的心。他们都舒服极了。

"夏天风最亲，冷天火最亲，这话不假！"老赵说。

"这火真旺！"老耿说。

"这是阿珍姑娘的功劳！咦，阿珍呢？"老庞惊呼。

阿珍姑娘正伏在桌子上抄她的材料。

"阿珍，来烤火呀！"老赵老耿老庞异口同声说。

"我不冷。"阿珍说。

"你是专门为我们烧的火呀！"老赵心里陡地一热，他每遇上令他感动的事，心里就要一热。

"这姑娘是不错！"老耿微闭着双眼，陶醉在一种只有他才知道的意境中。

"我早说过，"老庞扭头深情地瞟了阿珍一眼，压低嗓门说："女人硬是比男人勤快！"

老赵老耿像鸡啄米似的连连点头。

克隆一个慧

　　克隆一个慧是强的父亲的主意。

　　强失恋了。当仅仅和强认识不到一周时间的慧对强说声"拜拜"投入到德洋公司总经理马胖子的怀抱后，强便跌入了痛苦的泥淖不能自拔。强不吃不喝，只几天时间，人就瘦了一圈。强的父亲劝儿子说，天涯何处无芳草，何苦吊死在一棵树上？强哭了，哭得很伤心，说我不能没有慧，没有慧我活着还有什么意思！强的父亲震惊了，他只有强这么一个儿子，他怕儿子遭到不测，便想到了新成立的恋人克隆公司。

　　恋人克隆公司的王总经理是个和强的父亲一样和善的老头，他带领强的父亲来到一间装饰豪华的大库房里说，我公司近期按照客户的要求克隆出的成品都在这儿。说罢走到操纵台上启动了设备，他每按动一下电钮，就从一扇黑漆漆的门内走出一个人来。强的父亲不禁看得呆了，嚯！全是风姿绰约的姑娘，简直令人眼花缭乱，浮想联翩。强的父亲说，贵公司的克隆技术真是不错。我想替儿子克隆一个叫慧的姑娘，要越快越好！王总经理说，最快也要一个月。强的父亲说，能不能再快点？王总经理说，不行！刚克隆出来的只是个乳臭未干的小女孩，就是给她服用超大剂量的催长素长成大姑娘也要一个月。强的父亲着急了，说，我儿子现在不吃不喝，等一个月早没命了。王总经理沉吟了一下，说，为解燃眉之急，能不能就在这些女

人中间挑选一个,看有没有和慧长得很相像的姑娘。

　　强的父亲在库房里边走边看了几个来回,最后在一个姑娘面前站住了。这个姑娘身材匀称,眉目清秀,微微上翘的下巴透出一丝高傲,真是风情万种举世无双。强的父亲终于明白了儿子为何对慧如痴如醉的原因。王总经理拍拍强的父亲的肩膀说,她和你儿子的女朋友慧长得相像吗?强的父亲抑制不住内心的喜悦,连声说,像是一个模子里生产出来的,相貌、身材、一颦一笑都百分之百的像慧!王总经理摇摇头说,不过,这个姑娘不能给你买走。强的父亲急了,说,为什么呢?王总经理笑笑说,这是德洋公司总经理马胖子要我公司帮他克隆的,他马上就要来提货了。

　　提起马胖子,强的父亲顿时怒火胸中烧,就是这个有几个臭钱又喜欢玩女人的坏蛋夺走了他儿子的慧。强的父亲沉住气不动声色地说,马胖子有的是钱,身边的女人走马灯似的换,为什么还要克隆一个女人?王总经理说,马胖子最钟爱的一个女人在上周不辞而别不知去向,马胖子十分舍不得。是我公司用马胖子找到的那个女人的一根头发丝克隆出来的。强的父亲发现了疑问,说,马胖子来克隆女人只要一周的时间,为什么我来却要一个月?王总经理说,马胖子付了高额费用,我公司首次为这个女人使用了刚从国外引进的最新产品——神速牌催长素。强的父亲心想,面前这个女人活生生就是儿子朝思暮想的慧呀,千万不能再让马胖子给弄走了。强的父亲马上说,我愿意付出比马胖子更高的费用,你们要多少钱?王总经理说,马胖子将付款十万元。强的父亲掏出支票,斩钉截铁地说,我立即付款十二万元!王总经理善解人意地笑笑说,好吧,我只得向马胖子道歉了,说用头发丝无法克隆出人来。

　　强的父亲领着克隆出来的慧来到儿子面前,强立刻生龙活虎起来。

　　然而,只过了几天,慧又对强说声"拜拜"投入到了兴华公司董事长牛矮子的怀抱中。又过了几天,慧突然神秘失踪,牛矮子来到恋人克隆公司,愿意出巨资克隆一个慧。正当强旧病复发茶饭不思而强的父亲又无可奈何之时,社会上传出了恋人克隆公司被查处的消息。

这个电话必须打

⊙厅顾厅长那辆黑色奥迪刚刚驶出袁凡的视线,袁凡的手机响了,一看来电显示,是老局长刘况打来的。袁凡记得这是刘况今天下午打给他的第五个电话了。刘况刚刚从 A 市⊙局局长位置上退下来。袁凡接任⊙局局长后,刘况时时关心着袁凡的工作情况,有扶上马再送一程的意思。袁凡对刘况也是言听计从。刘况的声音在电话里有些沙哑,问顾厅长今晚住华天还是住华都?袁凡说顾厅长不在我市住了,刚刚动身回省城去了。刘况问晚餐是不是在华天吃的?袁凡说不是。说顾厅长嫌华天有个会议,人多太吵。刘况说,去华都呀!袁凡说,华都的大门正在重新装修,顾厅长说进出不方便……刘况打断袁凡的话说,市里就这两家星级宾馆,那你们到哪儿吃的晚餐?袁凡说,在一家较偏僻的风味土菜馆吃的。刘况急忙说,这怎么行!顾厅长情绪怎样?袁凡说顾厅长心情不错,我们六个人喝了两瓶五粮液。刘况说,酒喝得多并不见得心情就好!袁凡说,顾厅长临走时,我说真抱歉,接待不周。顾厅长说不错不错很好很好。刘况说,当着你的面他能说不好?袁凡听了刘况的话,有些迷糊了,说,他心里想的我怎么知道呢?刘况说,你马上给顾厅长打个电话。袁凡说,他刚刚才走打电话有必要吗?刘况说当然有必要。袁凡心里还是转不过弯来,喃喃说,未必不打不行……刘况说,不打不行。这个电话你必须打!听我的话没错。袁凡只得说,我打就

寄钱

是了，可是我不知道顾厅长的手机号码。刘况说，我告诉你。

袁凡按照刘况告诉他的号码，接连拨了三次，语音提示都说你拨的号码是空号。袁凡打电话问刘况号码是不是错了？刘况在那边翻了翻电话本说，没错，顾厅长的手机就是这个号码。袁凡听别人说过，领导的手机号码大都是保密的，一旦知道的人多了就换号码了。袁凡说，顾厅长的手机肯定换新号码了。也好，省得打电话了。刘况说，不行，这个电话必须打！袁凡说，不知道号码怎么打？刘况沉吟了一下，说，你马上向其他市的⊙局打听一下，看有没有人知道顾厅长的手机号码。袁凡突然觉得这样做太张扬了，他不想按刘况的思路走了，毅然把电话打到了⊙厅办公室。两部电话都打了，通了，但久久没有人接听。也难怪，现在是夜晚，⊙厅办公室里哪还有人接电话？袁凡愣了愣神，只得按刘况说的办。

袁凡首先拨通了 B 市⊙局局长老李的电话，他俩曾在一个会议上坐在一条凳上，交换过名片的。老李说我找顾厅长都是打他办公室的电话，从来没打过顾厅长的手机。袁凡有些失望，只得又拨通 C 市⊙局局长大陶的电话，上个月大陶路过 A 市是袁凡接待的，在酒宴上互赠过名片。大陶说我有一次想向顾厅长汇报工作，办公室的人说顾厅长出门了。我问顾厅长的手机号码，他们回答说不知道。真的，顾厅长的手机号码我也不知道。袁凡有些沮丧，想了想又拨通了 D 市⊙局局长小曹的电话。小曹是今年才上任的，和袁凡没有交往，但人挺热情，说我不知道顾厅长的手机号码，但顾厅长的外甥在我局工作，他肯定知道的。我这就给你去问。过了二十多分钟，小曹回了电话。谢天谢地，袁凡终于弄到了顾厅长的手机号码。

袁凡立即拨了顾厅长的手机号码，刚把手机放在耳边，就传出一个女人娇柔的声音，对不起，你要的用户已关机，请稍候再拨。袁凡又捺着性子连续拨了八次，都是关机。这个电话打得真不顺利！袁凡有些烦躁了。恰在这时，老局长刘况的电话打了过来，问袁凡问到了顾厅长的手机号码没有？问给顾厅长打了电话没有？袁凡说，问到了，也打了。只是打了八次了，都是关机。刘况说，继续打，继续打！袁凡有些沉不住气了，冲动地说，打不通，我不想打了。刘况说，继续打，这个电话必须打通！袁凡说，老局长，这个电话这么重要吗？刘况没回答袁凡的提问，只是说，听我的，继续打，顾厅长的手机不可能老不开机。

袁凡只得下意识地一次接一次地拨顾厅长的手机号码。也不知道拨了多少遍，终于打通了。顾厅长的声音传过来，是哪位？袁凡赶紧说，顾厅长，是我，我是袁凡。您的车开到哪儿了？顾厅长说，快进省城了。有事吗？袁凡愣了一下，心想我哪有什么事！只不过是老局长嘱咐我给您打个电话而已。袁凡顺口回答说，顾厅长，这次到我局来接待肯定不周，还请多多包涵呀！顾厅长的话语伴着笑声兴奋着袁凡的耳膜，哈哈哈，小袁啦，这次到 A市我很愉快！

袁凡把和顾厅长通话的情况对刘况说了，刘况说，这回你知道了吧，我说这个电话必须打嘛！

袁凡看了一下手表，已经十一点多了。一个电话折腾了近三小时。袁凡细细琢磨了刘况的话后叹了口气，想，早知如此，还不如驱车送顾厅长到省城更好。

敲错门

辛雨是一名普通职工，但他却住在位置不高不低的好楼层：三楼。

局长有登高望远的癖好，嫌三楼视野不够开阔，主动提出和辛雨换了

房,住在了四楼,辛雨则住在局长楼下。几年后,局长调走了。不久,新局长老凹来了,只得屈驾住进了老局长曾经住过的房里。打从大年初二起,每到夜晚,辛雨家的门铃就不时"叮咚"响起。门上没安"猫眼",开门看,敲门人辛雨一个也不认识,都是找错了门儿,他们认为当局长的应该住在好楼层三楼。辛雨后来才明白:敲错门的人是来给凹局长的夫人拜年的,凹局长的夫人在县委组织部当部长。

　　辛雨一次次地开门,一次次地指指天花板说,在上面。虽然敲错门的人都很有礼貌地说声对不起,但却搅了辛雨看电视节目的好兴致,他烦透了。辛雨想在门上贴张"找凹局长请上四楼"的字条儿,又觉得太张扬了,怕引起凹局长不快。听到门铃声不予理睬或是把门铃电池拿掉也不行,万一是来了自家的亲朋戚友呢?想在门上安个"猫眼",春节期间又找不到人。这天晚上,辛雨正为没有良策而苦恼时,门铃又第十八次响起了,辛雨拉开门见又是找凹局长而敲错门的,顿时火冒三丈,厉声呵斥道,你们干什么呀?挑水找不到码头,烧香找不到庙门,尽他妈的骚扰!

　　发完脾气,辛雨便后悔了,他想,我凶了这个人,这个人会不会把其遭遇告诉给凹局长夫人听呢?凹局长要是知道我恶待了他夫人的客人一定会怀恨在心的。说不定一双双小鞋就做好了。想到此,辛雨有些害怕了。辛雨便很想知道这个人到底对凹局长夫人说没说被挨骂的事。辛雨希望这个人没说才好。然而,又没在凹局长家安上窃听器,这可是个无法了解到的情况呀!辛雨一番冥思苦想后,终于来了灵感,他想,只有自己设身处地去体会一下被人呵斥的滋味和心情才能解开这个谜了。辛雨决定去给朋友拜年。

　　朋友姓切,住在城东的一幢楼房的五楼,辛雨明知故犯地按响了四楼的门铃。门开了,一个彪形大汉冷漠着脸不说话,只用目光询问辛雨你找谁?辛雨说,请问这是小切的家吗?彪形大汉关门的同时丢下两个字,五楼!辛雨想,此人不冷不热,还算客气。辛雨拎着礼物进了小切的家。小切比辛雨小三岁,每年都是小切先给辛雨拜年,之后辛雨再回拜。小切很感动,忙不迭给辛雨拿烟倒茶。辛雨与小切谈话时他没有提到彪形大汉。辛雨是这样想的:我敲错门,既然彪形大汉还算客气,那么对我的心理上就没有什么冲击,没有冲击,我就不会生气,不生气就没有必要把这事告诉朋友切了。辛雨没能体验到被人呵斥的感觉,只得扫兴而归。

打这之后,辛雨虽然不知道凹局长生没生他的气,但他很害怕见到凹局长。有几回老远看见凹局长迎面走来,辛雨赶紧绕道了。每看见一次凹局长,辛雨想了解那个被他呵斥的人到底跟凹局长夫人说没说的愿望就更加强烈了。

辛雨只得又去拜访朋友切,又一次故伎重演按响了四楼的门铃。还是那个彪形大汉开的门,瞪着眼看了看似曾相识的辛雨,不耐烦地说,他住五楼! 接着砰地关上门。彪形大汉虽然态度不太好,但没有骂人。辛雨在门外站了一会儿,又按响了四楼的门铃,等彪形大汉刚一露脸就问,小切是住这儿吗? 彪形大汉一见又是辛雨,脸一变,没好气地说,你有毛病是不是? 听着,这是四楼! 辛雨嫌彪形大汉脾气还不大,又故意装糊涂说,我明明上了五层楼的楼梯怎么还是四楼? 彪形大汉使劲一跺脚,怒发冲冠地说,你他妈忘了最低层是杂物间呀。你这个蠢猪!

辛雨终于品尝到了被人呵斥辱骂的味道,虽然是他自己一手策划心甘情愿的,但毕竟被人辱骂不是好滋味,心里还是有很不舒服的感觉。进了小切的家,辛雨很想把自己刚才的遭遇立即向朋友小切一吐为快,但几经犹豫,还是忍住没说。他想,告诉小切有什么用呢? 小切肯定会笑话他:辛雨呀,你肯定是怕领导怕出病来了! 要不就笑话他傻不拉叽:辛雨呀,你遭人辱骂是叫花子背米不动——自讨的。辛雨在心里暗自发笑。

辛雨想,那个曾被我呵斥过的人肯定也是像我这样想的。他把自己的遭遇告诉凹局长夫人又起什么作用呢? 给领导送礼偷偷摸摸选择在夜间,遭人辱骂更是脸上无光,怎么好意思把自己的委屈说出来呢? 于是,辛雨心里很坦然了。

这天,辛雨正在家里看电视,突然间,门铃"叮咚"响起,辛雨打开门时正要骂句粗话,一看门外站着凹局长。凹局长见了辛雨就直往后退,笑笑说,

寄
钱

哦哦,错了错了,还要上一层楼呢。

凹局长也敲错门。好险! 辛雨庆幸地笑了。

盼

他每天时不时站在阳台上往巷口张望一阵子,看有没有熟人来。

半年前,他还是局里唯一能呼风唤雨的人,转眼间就成了什么也不是的闲人。闲久了,便很寂寞。他盼望有人来和他说说话儿。

这天,他看见林从巷口走来了。

他想,林一定是来看他的。他在位时,林哪天不围着他转来转去? 林很尊敬他,对他言听计从,事无巨细都向他请示汇报。林也是他的好参谋,那年局里福利分房,只有副科级以上职务的人才有份,他想给为他开小车多年的司机弄一套房,但怎么也找不到合适的理由。林心有灵犀,林说给司机提个副科长不就行了? 一句话为他解了忧。后来,是他一手提拔林当了办公室主任。

他正高兴着,林却拐进另一幢楼房。他知道那里住着新来的局长。

他每天仍时不时站在阳台上往巷口张望。

一天,他看见了哲。

他想,哲一定是来看他的。他在位时,哲很亲近他,他家里换液化气时都是哲把那沉甸甸的铁罐扛上扛下。哲很大方,见了他五岁的孙子总要买这买那的。尤其是他那次偶感风寒住院时,哲更是不离左右悉心照顾。后来,是他一手提拔哲当了人事科长。

没料到哲也拐进了另一幢楼房。

他六十一岁生日那天,他忽然想起了强、勇、芬……好多人。他想,他们一定会来看他的。不说别的,他的生日他自己都记不住而他们却每年都没忘……

这次,他又失望了。

他有很多日子不去阳台了。在房里走来走去走累了就躺在床上蒙头大睡。

一天,他正在床上胡思乱想,忽听有敲门声,他想又是老婆忘了钥匙,开门看,竟是小甘。他不喜欢小甘。在他的心目中,小甘是个泼皮无赖。小甘为了调换工种曾多次深更半夜敲响他家的门,使一家人从睡梦中惊醒;小甘还准时在吃饭时间闯入他家来软磨硬缠,害得全家人吃山珍海味都没有味口。

你来干什么?他疑惑地盯着小甘,他不知道小甘葫芦里卖的什么药。

局长,我特地来看您的。

听到"局长"二字,他脸上陡地火辣辣的发烫,好像被小甘扇了一巴掌。

你来干什么?他的态度很不友好,他认为小甘是在取笑他。

小甘把两包茶叶放在茶几上,说,我家里自产的,您最喜欢喝茶的。

你这是干什么?别这样……他一头雾水,不知道这是怎么回事。

小甘说,我上个月结婚了,不是您帮我调换工种她早就和我吹了。

别这么说,别这么说……他心里像打翻了五味瓶,有种说不出的滋味。

在随后的日子里,竟隔三岔五的有人来看他。有没有分到住房的老赵,有老评不上先进的王胖子,还有曾朝他骂娘的小耿……

他很受感动。他好像明白了什么,又好像什么也不明白。

钱

090

老林

老林干的是常与外界打交道的工作。

如今的人们，兜里头大都揣着一叠儿纸片儿，与人一见面，就会伸出捏着纸片儿的手说，这是我的名片，请多联系。送名片成了展示身份的一种时髦。

人家给老林送名片，老林虔诚地接住，极认真地把名片上的内容看一遍，然后夹在精美的名片簿里。来人见老林不回赠名片，便开口要。老林却抱歉地说，我没名片。来人的目光里便写满疑问。

单位上统一印制名片时，要大家各自设计式样，老林说了一句我不要那玩艺儿而弃了权。由此看来，老林确实没有名片。老林当然也希望有自己的名片，但他认为还不是要名片的时候。老林有自己的想法：在科里，他的年龄最大，而职位却最低；别人在名片上印着主任或副主任，科级或副科级字样，他什么也不是，没品没衔的人给人家送名片，岂不是自己找尴尬吗？

老林本不是主任，但是，外单位一些要熟不熟的人见了他，常叫他林主任。这令老林哭笑不得。老林不责怪别人，别人是见他年纪大才这么叫的。照别人看来，这把年纪了当个主任应该无疑。

别人叫老林主任时，如果办公室其他人不在，老林常常也不解释和否认，只问别人有何贵干？接着便聊公事，或聊点别的什么。如果办公室有主任在或副主任在，老林便马上说，您别乱封官，我不是主任。说这话时，老林脸上发热，心里便不好受，很别扭。也只有在这种时候，老林便企望有朝一日自己能当上真正的主任或是副主任。

老林知道这主任和副主任也不是今天想当明天就能当上的。这要有领导器重你，有领导提拔你。

老林单位上每年总有人被提拔。提拔的是谁？老林常常是最早知道的人之一。有人要被提拔了，主管局人事部门都要派人来召开座谈会，这叫作走群众路线，听听群众意见。每逢召开座谈会，单位领导就挑选老林当群众代表。第一次要老林当群众代表时，他不知所措，说我不会讲话，我说些什么呢？单位领导便开导说，这件事很重要，关系到某某某的前途问题，你从这几个方面去说：政治表现啦，学识水平啦，工作实绩啦等，当然主要是讲优点，不过缺点也可以讲，实事求是嘛！

单位领导还补充说，要你去，是对你的信任。

老林便露出受宠若惊的表情，便去参加座谈会，便发言，便大年三十——尽挑好的说。

于是，隔不多久，单位里就会传出某某某提升了的消息。

开了两回座谈会，老林便觉得有些扫兴，心里有些不平衡了。老林想，被提拔的人还不如我，他们干吗受重用？我干吗要给他们脸上贴金？老林虽这么想，但下一回单位领导要他去参加座谈会，他还是去了。他想，别人有了被提拔的机会，实在难得呀！我这回给人家说了好话，说不定下回提拔就轮到我自己，到时候别人也会给我说好话呀！

年复一年，老林也记不清参加了多少次座谈会。他只记得，和他一同参加工作的都被提拔了，好几个比他晚十年参加工作的也提拔为副主任了，而他却稳坐"科员"宝座，毫无变动的迹象。老林心里便常常涌起悲凉的感觉。

老林将会被提拔，主管局人事部门正对他进行考察的消息，是近两天传出来的。老林有些不相信，便去悄悄问主任是否真有此事？主任支支吾吾一阵后，说，开始是有这事，我参加了座谈会的，只是后来吹了，都说你讲话

不负责任,喜欢言过其实……

老林顿觉头皮发紧,耳朵里也嗡嗡响起来,他连连说,我怎么啦,我怎么啦?

主任却平静地说,徐昌嫖娼受处分的事你忘了?

老林说,这与我何干系?

主任说,徐昌提副主任时,你不是说他为人正派吗?

这怎么能怪我呢? 这……老林话没说完,只觉得眼前一黑,人便恍恍惚惚了。他忙扶着墙壁不让自己倒下,但还是一头栽倒在地上。老林的心脏有毛病已多年。

经医院抢救,老林总算脱离了危险。医生为便于进一步诊断治疗,问老林过去的病历带来没? 老林说放在办公桌抽屉里。主任说,钥匙给我,我去拿吧。

主任打开老林办公桌抽屉找病历时,意外发现两盒名片。是老林的。名片很精致,很漂亮,正面是中文,背面是英文。老林名字后面的括号里,还有 "副主任" 字样。

旅游

听到局里要组织离退休人员去旅游的消息，老洪不由得喜上眉梢。

老洪是水电维修工。这个局二百号人，撇开公家的事儿不说，单是私家的事就够他忙活的，张家的水龙头漏水李家的电灯不亮等五花八门的事，他都得随喊随到去处理，工作起来没有白天黑夜没有年节假日。他老伴常说他：你这一辈子都交给公家了。老洪心想也是，除了偶尔上街购买零配件连局大门都很少出。

老洪赶忙向工会主席打听是去哪里？工会主席说反正是全国最著名的风景旅游区，具体去哪儿还没有确定，正在征求大家的意见。老洪微笑地望着工会主席，等候工会主席问他一句你想去哪里？但工会主席始终没问。老洪这才明白，工会主席说的征求意见主要是征求老领导们的意见。老洪想，自己是离退休人员中唯一的一名工人，人微言轻嘛。老洪又宽慰地想，不征求我的意见也没什么，到时候他们去哪儿我跟着去哪儿就行。

老洪把要出去旅游的事对老伴说了，老伴高兴地问是去哪儿？老洪说还没有定下来，可能是去峨眉山，也可能是去庐山或是井冈山，都是全国最著名的风景区呢。老伴说，这要花费好多钱哩。老洪说，工会主席说是公费的，自己不用出钱。老伴见老洪喜滋滋的，也跟着乐了，说，想不到你这辈子也开回洋荤免费旅游了。老洪忽然想到老伴一辈子也没有出过远门，就说，

嗨,刚才忘了,我再去问问,看可不可以带家属?也好让你开开洋荤呀。

老洪又去找工会主席,工会主席说旅游是离退休人员的一种待遇,不是谁想去就能去的。老洪说我想带老伴去,出点钱行不行?工会主席说不行,说车子小老领导又多,不能太挤。老洪回到家里无奈地摇摇头,老伴便懂了,说,我去了你还要操一份心照顾我,就是能去我也不去,让你一个人轻轻松松开开心心地玩吧。

一天傍晚,老洪去散步,迎面走来老局长和老书记。老洪想向老领导打听打听旅游的消息,还没来得及开口,老局长先打招呼说,老洪,这次想去哪儿旅游啊?老洪觉得他不便回答这个问题,就说,老局长您想去哪儿呢?老局长也不说去哪儿旅游,只是见多识广地说,老洪,去庐山看看吧,毛主席上庐山住过,林彪上庐山住过,蒋介石也上庐山住过,那里的奇峰秀石、流泉飞瀑非常迷人……老书记也插话说,老洪,告诉你,去峨眉山也不错……老洪忙问,风景好吗?老书记眉飞色舞地说,好,好!天下秀,低首让峨眉嘛。峨眉山不仅是国内最高的旅游风景胜地,还是中国四大佛教名山之一,真是美不胜收。顺路还可以看看乐山大佛……老洪听得眉开眼笑。

时间一天天过去了,老洪还没有听到关于旅游的确切消息。老伴早已给他准备好了行装:新买了旅行包、旅游鞋、折叠伞,还悄悄在包里塞了五包老洪从来没有吸过的"芙蓉王"香烟。

老洪是在对旅游的期待和渴望中度过每一天的。这天,老洪再也坐不住了,他急不可待地去工会向工会主席打听旅游的事,工会主席的回答着实让老洪大吃一惊。因为老领导都不想去了,这次旅游活动已被取消。

老洪十分纳闷:干吗不想去呢?自己又不用花钱……

分房方案

M局新修的三幢宿舍大楼竣工了，三十六套两室两厅，每套使用面积近一百平方米。卧室、书房、厨房、卫生间等布局合理；门窗油漆、墙壁粉刷质量一流。因是最后一次福利分房，分房方案成为全局干部职工关注的焦点。

局领导对这次分房十分重视，立即召开会议，研究分房事宜。

局长说，我提议由甲副局长牵头与工会一道成立分房领导小组，甲副局长刚从部队复员，已住进县里安排的新的两室两厅，他说不用分房了。僧多粥少，由他任组长，必定公事公办谁也没啥意见。

乙副局长说，分房关系到每个人的切身利益，要注意研究历年来县里出台的各种有关住房分配的文件，做到吃透精神、有依有据，让符合条件的人分到房子住。

丙副局长说，还要参考、借鉴其他单位的好做法、好经验，全面考虑，力求公平合理。当然也要鼓励发扬风格。

丁副局长说，建议召开一次中层骨干会或群众代表会，广泛征求一下意见，以免到时扯皮而影响团结。要通过分房促进局里的各项工作。

由于分房领导小组的勤奋工作，分房方案很快拿出来了。方案规定：一、连续工龄二十五年、本局工龄十年者可参与分房；二、副科级以上职务者可参与分房；三、人平住房面积不足七平方米者可参与分房；四、根据连续工

龄、本局工龄、职务高低……逐一计分，以累计分数高低依次取前三十六名。

这天，局长召集副局长们开会最后敲定分房方案。局长把方案念完后，要大家发表看法。乙副局长边听边想，我小舅子调到自己局里虽刚好十年，但连续工龄只二十三年呀！小舅子前几天还向我打听分房的事，我得极力为他争取。乙副局长说，我认为连续工龄数定得太高了点！要照顾全面嘛。我建议再减少两年为好……

同在一个锅里吃饭，各人的情况都你知我知一清二楚。局长、甲、丙、丁四个人听了乙副局长的发言，心里已明白八九分，齐声说，减少两年吧。

丙副局长早在乙副局长发言时就想着小娥的事。小娥是他战友的姨姐。战友在县委组织部工作，今后能否谋个正职全靠战友了。小娥参加工作很早，但本局工龄刚好差一年。丙副局长说，我们局调进的新同志较多，过去他们在别的单位也是为国家做贡献嘛，本局工龄我建议减少一点……

局长说，减多少？丙副局长说，减一年就行。

局长、甲、乙、丁四个人会心地一笑，异口同声说，行！

丁副局长发言时少了客套，他开诚布公地说起了老查的难处。他和老查是连襟，同一个丈母娘，还能不关照关照？丁副局长说，老查的住房人均虽有七平方米，但那房子低矮潮湿，没法住。老查的连续工龄、本局工龄都已达到规定年限，没有功劳有苦劳，我认为……

没等丁副局长把话说完，局长、甲、乙、丙四个人就连声说，行，把七平方米改为八平方米吧。

此时，除甲副局长正埋头整理讨论意见外，乙、丙、丁三位副局长正满面春风地说笑。当甲副局长请示局长还有没有指示时，乙、丙、丁三位副局长才发现局长紧锁着眉头。

局长见大伙儿都看着他，于是慢条斯理地说，麻司机给我开小车六七年，行车从没出过事故，风里来雨里去，吃了不少苦头，可到了分房子时却不够资格……

乙副局长说，是呀，连续工龄不够。

丙副局长说，本局工龄也差好几年。

丁副局长说，这，这怎么办呢？

这时，一直寡言少语的甲副局长轻描淡写地说，这有何难？马上下文给他提个副科级不就行了！

乙、丙、丁三位副局长马上齐声说，行！就这么办。

局长喜形于色地说，好，好！分房方案就这样确定了。明天张榜公布！

防盗网

滕局长上班看报时看到一则社会新闻，不由得吃了一惊。回家后他把新闻告诉夫人筱琴，说一个盗贼偷了一家当官的，盗贼后来是被抓住了，可这当官的也落了马……筱琴没听完就着急地说，我家光有防盗门还不行，得把阳台、窗户都安上防盗网！滕局长说，对，安上防盗网才保险。并要筱琴到加工厂联系做防盗网的事。

第二天，筱琴告诉丈夫说明天做防盗网的人来量尺寸，还负责把防盗网安装到位。滕局长却说，防盗网不安了。筱琴发现丈夫脸色不好，忙问为什么？滕局长指指门外，闷闷地说，我仔细琢磨，这防盗网安不得，安了他又有话说我了……

滕局长所说的"他"是指住在对门的丁大勇。

滕局长这几年春风得意，事事顺心。唯一令他不愉快的就是丁大勇和

他对门对户住。

前年局里修建了三栋坐北朝南的宿舍大楼,局领导先挑房,都挑了不当太阳西晒的楼东头,结果后勤科科员丁大勇就住在了楼西头,和滕局长门对门。按理说,丁大勇作为普通干部能和局长"平起平坐"当邻居也该心满意足了,可他不。他不仅不和滕局长和平共处,还时不时挑滕局长的毛病。首先,他一封检举信告到市里,说滕局长在修建宿舍楼中收了包工头几万元红包。后来检举信到了滕局长手里成了一张废纸。哪知春节后,丁大勇又到处说提着大包小包给滕局长拜年的人有五十一人,说得有鼻子有眼。滕局长气得喘粗气,想发作又觉得丁大勇统计得确实差九不离十。滕局长只希望有一天丁大勇有事犯在他手上,狠狠治治丁大勇,但丁大勇除了爱管"闲事"外,干工作挑不出毛病。想到自己的一举一动都在丁大勇的监视之下,滕局长又沮丧又害怕,见了丁大勇就没个好脸色,有时丁大勇主动和他打招呼他也觉得是不怀好意,爱理不理的。

听丈夫说不安防盗网了,筱琴很不服气,说,住一楼的能安防盗网我们怎么就不能安?滕局长说,一楼是因为盗贼入室太方便了,当然要安。如今二楼以上的住户都没安防盗网,我们家住三楼要是安了就太显眼,太出格了,不是又给丁大勇提供说三道四的材料吗?你真是女人见识!筱琴觉得丈夫说得在理,又忧心忡忡说,要是盗贼翻窗进我家偷呢?滕局长说,人不在家时把门窗统统关牢!

没安成防盗网,筱琴整天提心吊胆的。有几回在单位上着班,突然想起出门时忘了把窗户关上,请假回家看,窗户关得严严实实的。她只好在心里一遍遍生丁大勇的气。

这天,滕局长回家满面春风对筱琴说,今天我把丁大勇给治了治。筱琴急忙问是怎么个治法?滕局长说,后勤科要提拔一名副科长,几个副局长都推荐丁大勇,说他资格老能力强,副科长非他莫属。最后是我说了算,我一句话就把这个职位让给了比丁大勇小十岁的小刘姑娘。丁大勇听到这个消息不哭才怪了。筱琴甜甜地一笑,说治得好。

一天半夜,滕局长和筱琴被"抓强盗抓强盗"的呼喊声吵醒了,赶紧起床察看自家门窗,都紧紧关着,才放了心。室外人声嘈杂,开门问,是丁大勇家进了盗贼。丁大勇正对楼上楼下赶来的人说,这盗贼翻窗入室还拿着刀哩,我操根木棒才把他赶跑。滕局长又吃惊又好奇,忙问丁大勇被偷走的东西多不多?哪知丁大勇话里带着刺儿说,我家哪有钱和值钱的东西让他偷呀,这家伙许是搞反了方向找错了门儿!滕局长被这两句话戗得连忙关上门。

　　双休日的一天,滕局长正在家里看电视,忽然外面传来电钻在墙壁上打孔的噪声。他开窗看,是丁大勇家在安装防盗网。还听见楼上楼下许多住户问丁大勇要花多少钱?丁大勇说,贵哩,花了三千多元。我没多少钱,可盗贼有刀子,老婆孩子的性命要紧呀!问的人都说,对!我们也安。

　　隔了几天,滕局长突然在局务会上宣布:小刘姑娘另作安排,丁大勇任后勤科副科长。

加班费

　　葛平大学毕业分配到局里搞统计工作。搞统计可不是件轻松的事,月初要呈报上月的报表,月中要下基层了解情况,月底要把收集的各种数据分类汇总,每个环节都不能马虎松懈。况且领导们寅时需要某方面的数据你必须卯时就能拿出来,因此,加班加点就是常有的事了。

夺钱

　　头一年,葛平倒没有觉得加班加点有什么不好,反正单身汉一个,下了班也无所事事,晚上或双休日加班做些事一来可以消磨时间二来可以给领导留下一个好的印象。自从葛平找了女朋友后,就对加班加点产生了厌烦情绪。有时候本来和女朋友约好晚上去看电影的,临到下班时科长却说,小葛,局长明早去县里开会,有个数据务必今晚拿出来。葛平知道,不加班干绝对不行,加班了女朋友也绝对会不高兴。有一次,女朋友约葛平双休日去到桃花源风景区旅游,结果因为葛平要加班赶制一份报表没有去成。女朋友还算通情达理,对葛平的失约虽然心中不悦,但在言语上却没有过多的埋怨。但是女朋友有一句话倒是提醒了葛平。

　　于是,葛平对科长说,科长,我经常加班加点,应该给加班费吧。

　　科长先是仰头哈哈一笑,然后盯着葛平的眼睛说,小葛呀,我在局里工作十多年了,从来没有拿过加班费哩。再说我当科长也有 7 个年头了,先后在我手下工作的人不少于十来个,也从来没有给谁发过什么加班费呀!

　　葛平一直觉得科长是个随和的人,想不到此刻说话却这般没有道理,于是脸一下涨红了,有些冲动地说,科长,难道说提出这个问题有错吗?未必过去就没有人提出过类似的问题呀?

　　科长对葛平的诘问并不在意,心平气和地说,小葛呀,关于加班费的问题,当然有人提出过,比你先来的人都提出过,但又有什么用呢?

　　葛平忍不住插话说,科长,提出这个问题怎么会没有用呢?不仅有用,而且是合理又合法。劳动法明文规定节假日因工作需要加班的要给加班费呀!

　　科长又仰头哈哈大笑了,笑毕又说,小葛呀,我当初也跟你一样,也向我的前任——老科长提出过同样的问题。老科长听了我的话很不高兴,说他一辈子加班加点还少吗,但他从来没有拿过加班费。他这样说了,我还能说什么呢?

　　葛平突然觉得科长有些迂腐。虽然科长的言外之意是叫他别再纠缠加班费的事了,但葛平还是忍不住说,科长,老科长那时候留下来的规矩到了你手上就不能改变吗？如今是你做主呀！

科长把嘴贴近葛平的耳朵，神秘地说，小葛呀，这你就不懂了，就说我改了这规矩，也没有钱发加班费啊！老科长当年从来没有找局长谈过加班费的事，我怎么能破这个例呢？

葛平终于理解了科长的难处，科长不想做别人也不想做的事。葛平没再吭声，但心里仍很憋气。他想，有朝一日如果我能当上科长，我一定要把这个规矩改过来。

几年后，葛平真的当上了科长。

一个周末，葛平安排科里新来的小芳姑娘加班赶制一份统计报表。小芳一看，这份报表至少要两天时间才能完成，有些不高兴地说，科长，我经常加班加点，怎么没有加班费呀？

葛平和善地笑笑，说，小芳呀，科里没钱啊。小芳说，科里没钱找局里要呀！葛平一脸严肃地说，小芳呀，你年轻你不懂，你想，历届的科长们都没有找局长谈过加班费的事，我怎么好开口呢？

第二天，小芳笑嘻嘻地对葛平说，科长，加班费的事我去问了局长……

葛平听了一愣，急忙打断小芳的话说，谁要你去问的！咳，局长他怎么说？

小芳认认真真地说，局长说加了班当然要给加班费。

葛平呆了一下，轻叹一声，啊！

这是怎么回事儿

（一）

"老李，你在哪里工作？"

"新疆。毕业分配到那儿，整整二十年了。"

"哪个学校毕业？"

"西北工业大学。"

"家眷在哪儿？"

"本市，我两年回来一趟。"

"老李呀，你早该和家人团聚了。"

"是呀，她身体很不好，我这次回来，主要是……听说你们厂要人？"

"我厂就差你这样专业对口的……好，好！欢迎，欢迎！"

"厂长……"

"放心吧！这个厂，我当家。你过两天再来。"

（二）

"老李，你来啦，请坐，请坐！"

"谢谢。"

"你多大了？"

"四十二。"

"嗯——？"

"我对北方生活不适应，显得老相。"

"啊，比我小七岁！"

"我身体没病的……我还常常熬夜写些东西，献丑了，我还发表过多篇论文……"

"还能写论文？"

"厂长，请相信我，我是党员，还担任着科长职务，我不会撒谎的，我说的全是实话。"

"哎，怎么不早说？这样吧，你明天再来。"

（三）

"厂长！"

"厂长！"

"哈，巧，你们都来啦，坐！"

"好。"

"好。"

"老李，抓紧时间办理调动手续吧！"

"好。"

"下星期来上班。"

"往返新疆,哪能这么快?"

"我没同你说!"

"和他说?"

"对,他也姓李,老实敦厚,老工人哩!"

"厂长,我的事呢?"

"这个……"

"怎么?"

"很抱歉……我厂人员超编了,您还是到别的工厂联系吧……"

病

楼房垮了才好。这话是老董当着儿子儿媳的面说的。

儿子儿媳听了这话都一愣,忙问,爸,您刚才说什么来着? 老董说,我说这楼房垮了才好! 这回,儿子儿媳都听得真真切切,吃惊得嘴巴都成了一个"O"字。

成了家的儿子过去难得回一趟家,不是儿子不孝敬父母,而是老董那五十年代的旧房子太小了,再也容不下增加了的后辈们。自从老董退休后搬进了局里新修的宿舍楼后,儿子儿媳带着自己的孩子差不多每到周末就回来了。合家团聚本该是欢声笑语其乐融融,可老董却愁眉不展,时不时从嘴里蹦出一句:"这楼房垮了才好"。董大妈起初以为是老头子图安静想把儿孙们轰走,后观察不是那么回事,因为每当周末来临,老头子都要反复嘱咐她多买些好吃的,款待儿孙们。

儿子儿媳从母亲那里得不到答案,就又问父亲说,爸,楼房好好的,哪会无缘无故垮掉呢?

老董的目光在房顶上扫来扫去,说,这楼房不会垮吗?垮了才好!

儿子儿媳也举目四望:雪白的墙体,雪白的房顶,简直是洁白无瑕。他们异口同声说,这么漂亮的房子哪会垮掉呢?

老董阴沉着脸,端着茶杯的手有些颤抖,情绪激动地说,这楼房外表漂亮就好吗?垮了才好!

还是这句话。董大妈听得烦了,冲着老董没好气地说,儿孙们都在这里,你说点吉利的话好不好!

吃了中饭,老董不声不响弯到床上睡去了。儿子儿媳反复掂量父亲说的那句话,总觉得不对劲儿,于是指着自己的脑袋,悄悄问母亲,妈,爸这里是不是出毛病了?董大妈连忙制止说,哪能呢?他瞎说你们可别瞎猜想!

儿子儿媳心里还是不踏实,回去后又到几家医院进行了咨询,医生说,人老了,有些毛病说来就来了,到医院来查查才好下结论。

儿子儿媳放心不下父亲,好不容易捱到周末,便匆匆赶回老家。进门后发现父亲不在,到厨房问母亲说,妈,爸呢?董大妈说,你爸到隔壁串门去了。儿子儿媳又问,爸还说楼房垮了才好这句话吗?董大妈叹了一声说,这几天他不仅说楼房要垮了,还说苟局长被抓起来了。

苟局长是老董单位的头儿。

儿子儿媳连忙问,苟局长被抓是不是真的?董大妈说,别听你爸瞎说!我打听过,苟局长天天都上班,好好的。儿子儿媳又问,你问爸,爸怎么说?董大妈说,我几次问你爸是听谁说的?你爸挺不耐烦,一个劲地说是真的是真的……儿子儿媳听了情不自禁说,坏了!爸的脑子确实出问题了。

寄
钱

正说着，老董回来了，他来不及换穿拖鞋，就去开电视机，见儿子儿媳回来了，又连忙招呼说，都过来，快来看电视，局长真的被抓起来了！

电视里正在播送"焦点节目"，说的是外省××市一座竣工不到一年的大桥突然坍塌了……

老董边看电视边眉飞色舞地说，哈哈，局长终于被抓了，抓得好！

儿子儿媳被父亲的言行惊呆了，忙把母亲拉到房里十分忧郁地说，老爸的脑子肯定出毛病了，得赶紧去医院检查检查。

董大妈也慌了神，但她仍然不赞同儿子儿媳的说法，她摇摇头说，你爸生性心直口快，从来心里窝不住气，脑子哪会出什么毛病呢？

儿子儿媳便举例说他们隔壁的一个老头儿，离休不到一年就患了间歇性精神病，整天说些让人听不懂的话。

董大妈终于害怕了，好说歹说把老董弄到医院里做了全面检查。检查结果是：除了血压稍稍偏高，身体其他地方什么毛病也没有。

第六辑

Ren Sheng Zhuan Zhe Dian

人生转折点

钥匙

　　张工程师的钥匙不见了。他急得不得了。

　　家里用的钥匙，能不能找到，他不在乎，反正老婆身上还有，到时候去修锁的店子里配上几把就行了。厂里用的钥匙找不到可不行啊，他的第五十项技术革新图纸放在办公桌抽屉里，这个项目马上要进行试制了，他想趁动工之前，再把图纸仔细审核一遍，没有钥匙，怎能拿到这套图纸呢？

　　"张工，把锁撬掉算了！"女描图员昨天说过这话，今天见张工一脸愁容，又说，"撬了再安上一把就行了。"

　　"不，不！"张工程师虽然只是轻轻地摇了摇头，轻轻地哼了哼声，但那否定的态度之坚决，无异于要他把他亲手设计制造的机器设备用铁锤去敲打。

　　"你真迂腐！"女描图员戏谑地笑了笑。

　　张工程师毫无表情地看了对方一眼，并不生气，也不反驳，似乎还有点默认哩。他在办公室里急得团团转，心里焦躁不安。

　　"张工，"女描图员是个耐不住寂寞的人，"你的钥匙喜欢放在衬衣口袋里，那只有弯腰的时候才能掉出来……"

　　张工程师点了点头，认为女描图员的话不无道理。

　　女描图员得意地站起身来，做了一个足以使钥匙从口袋里掉出来的弯腰动作，说："张工，你仔细想想，你在哪儿这样弯过腰？"

　　"弯腰？"张工程师神经质地颤抖了一下。提起弯腰，他竟突然想起了

辛酸的往事。"文革"期间，出身不好的他曾被打入另册，有一天斗争"臭老九"，要他弯腰低头认罪，他因腰上长了个脓包疮，一弯腰就钻心地疼，没能把腰弯到很低的角度，一个戴红袖章的人朝他的腰上就是一脚，正好踢在脓包疮上，他当即晕厥过去。

"我，我没弯过腰……"张工程师喃喃道，似乎有点答非所问。

"张工，你怎么没弯过腰呢？"女描图员好像发现了新大陆，摇着手中的笔，说："你的钥匙是前天丢失的，那天你搬进厂里的宿舍楼，你见楼房前面的水沟堵塞了，一汪污水正好在你家门口，你用铁锹在那里干了一下午，你难道忘了？"

"没忘，没忘！"张工程师连连说道。他怎么忘得了呢？以前他家四口人挤住在十多平方米的斗室里，现在住的是两室一厅，虽说是一个当官儿的住过的，房子陈旧了些，也足以让张工程师高兴得眉开眼笑了。都说如今知识分子上了天，吃香！谁说不是呢！这几年，张工程师晋级加薪，分住房，张工程师打心眼里感激当今的政策，怎样感激？五十项技术革新，六十项技术革新，无数次技术革新……

"张工，你那串钥匙说不定就掉在那里了。"女描图员语气十分肯定。

"不会吧！"

"那天你弯过腰吗？"

"当然弯过腰。"

"弯过腰，怎能肯定说钥匙不会掉出来呢？"女描图员说，"你当时只顾干活，没在意！那天你干得满头大汗，一身脏水，都说你不错。厂办还给你写了表扬稿呢！"

"表扬我？"

"你没看见？表扬稿就贴在厂大门内的宣传栏里，你天天进进出出呀……"

"我……"张工程师又显出他的迂腐劲，"我是清扫自家门口的污水，顺便把……"

"话不能这样说，表扬稿上对这件事评价可高哩！张工，你信不信？我看你快要入党了……"女描图员一本正经地说。

"入党！不可能，不可能！"张工程师心里连连说道。入党，是他多年的夙愿，他记得清清楚楚，他一共写了二十一次申请，可总是批不准。什么原因呢？过去知识分子臭。现在呢？有人说他架子大。他在哪里摆过架子呢？他弄不明白。忽然，怎么会有这等好事喜事降临呢？入党怎能和这件事联系在一起呢？

张工程师胡乱地思索着，愣愣地坐下来。他下意识地用力拉了拉纹丝不动的抽屉，忽然走出办公室。过了一会儿，他拿来一把锤子，一把錾子，在办公桌旁立了许久，然后坚决地说："撬！把锁撬掉，不能等了！"

"张工，慢点撬锁！你再到水沟边找找看，如果能找到钥匙，何必要撬呢？"女描图员好像故意与张工程师作对。不过，又不像是开玩笑。

张工程师又动摇了。是呀，是应该去找一找，撬烂好端端的东西，本来就不符合他的性格。

第二天早上，张工程师一走进办公室，就眉开眼笑地对女描图员说："钥匙找到了。"

"在水沟边吧？"

"不，在大花坛旁的溜泥井里。"张工程师乐不可支地说，"那天我疏通了水沟，清扫完污水，去大花坛旁的水龙头洗手，水龙头下的溜泥井没有盖子，我隔着井去用水，一弯腰，隐约听到井里咕嘟一声响，我当时没在意。昨天下班后，我经过那儿，突然想到了，便试着用铁锹掏，掏出整整一斗车污泥，终于找到了钥匙……"

"幸喜没把抽屉撬坏。"女描图员为自己的先见之明而高兴。

"是呀，得感谢你。"张工程师边说边把钥匙插进锁孔。只听得"当"地一声，抽屉打开了。张工程师捧着那一摞技术革新图纸，如获至宝，一页一页审视着，他的思绪又沉浸于只有他才能体会得到的愉悦之中。

"张工，"突然有人在张工程师肩上一拍，"有件喜事告诉你！"

张工程师吓了一跳，一扭头，见是厂党委组织委员，便诧异地问："什么喜事？"

"经研究，要你明天到党校报到，参加市里第九期党训班学习。"组织委员笑眯眯地说。

张工程师顿时惊住了，讷讷地说："啊，这……这是真的吗？"

"还能有假？"组织委员认真地说，"都说你变了。"

"我变了？我怎么变了？"张工程师摸不着头脑，"谁说的？"

"都说。"组织委员用手指指天花板。

张工程师思索着：天花板上是楼，楼上有厂长办公室、党委办公室、厂办公室……

"还研究决定把二号卫生责任区交给你负责呢！"组织委员又说。

"我，我找钥匙……"张工程师若有所悟，轻声咕哝了一句。

"有事？有事也得先放下。"组织委员没有听清，又说，"技术革新的事，暂缓进行吧……"

"我，我……"张工程师一时不知说什么好。他低头望着那串吊在抽屉上的钥匙，心里有点迷糊了。

人生转折点

填饱肚子了再打。那三个人把麻将牌往方桌中间哗啦啦一推，对二癞子说。

这里是二癞子的家。那三个人是二癞子约来的。二癞子抬腕看表,正是凌晨两点整。二癞子是一人吃饱了全家不饿的单身汉,没有婆娘供他使唤,便起身到厨房去了。从厨房出来,二癞子说家里没有现成的东西吃,我到商店去买些啤酒、饼干。那三个人说这个时候哪有店还营业?二癞子今天手气不错,赢了几张"工农兵",心里美滋滋的,说我自有办法,便出了门。

外面月黑风高,风刮得远处的近处的树木阵阵作响。二癞子打了个寒噤,缩着脖颈往村口摸去。

村口路边有间破旧木板房,房主是个姓陈的孤老头。房子用土砖隔成两间,里面一间睡人,外面一间有简易柜台、简易货架,放着烟、酒、糖果、糕点什么的。陈老头无儿无女,全靠这小买卖糊口。

陈老头睡得正香,忽被擂鼓似的敲门声吵醒,警觉地支起身子问是哪个?

二癞子忙说:是我呀,是我!

陈老头听出是二癞子,说你深更半夜还没睡,又赌了?

二癞子说今天手气好哩,饿了,买点吃的。陈老头擦亮火柴,瞅瞅桌上锈迹斑驳的闹钟,把腿伸出被子又缩回去了。天冷,他不想起床。说天快亮了,等会儿来买吧!

二癞子哪里肯依,又使劲捶门。

陈老头无奈,只得穿衣下床,燃起蜡烛打开屋门后,把蜡烛放在柜台上。

二癞子向门内跨了两步,站住。说了一遍要买的东西,便低头掏出钱清点。

陈老头在昏暗、跳跃着的烛光里从货架上取东西时,迷迷糊糊中发现有些不对劲儿:噫!两条芙蓉烟哪去了?噫!饼干怎的一袋也没了?陈老头只得弯腰把手伸向柜台下的角落里,角落里黑咕隆咚的,烛光照不到那里,那里有只大木箱,是储藏糕点的。

陈老头突然缩回手,惊诧地啊一声,他的手刚才摸到了一颗人头。

陈老头叫道:小偷,小偷!

确实是小偷。小偷早已潜入屋内,行窃中,忽听有人敲门,又听房主陈老头醒来,来不及从壁洞逃走,惊慌中钻进木箱躲藏。小偷见被发现,拔腿往柜台外逃。

陈老头气急败坏中一把揪住小偷的衣领。该刀杀的!偷我孤老头的东西,不怕遭雷劈!

陈老头又叫:二癫子,帮帮忙!

二比一。小偷急红了眼,从怀里掏出把尖刀,一扬手,利刃刺入陈老头胸膛。拔了刀,又朝门口闯去。

二癫子飞起一脚,踢掉了小偷的刀,然后拦腰死死将小偷抱住,一边大声呼喊:抓强盗,抓强盗!

惊醒的众邻居围过来把小偷捆了个结实。

二癫子和众人看柜台内的陈老头,陈老头倒在血泊里,人早已没气儿了。

杀人偿命,强盗被判了死刑。

几乎与此同时,县里召开见义勇为表彰会。二癫子临危不惧,生擒杀人凶手,光荣出席表彰会。得了一本大红荣誉证书,又得奖金两千元。

二癫子怀揣奖金,很神气的在村里转悠。见一牌友过来,拍拍鼓鼓囊囊的腰包说:两千元,你想赢吗?

牌友撇撇嘴说:还高兴呢!你听没听见别人怎么议论?说你那两千元钱花不得的,两条性命呀……

两条性命?二癫子蒙了。牌友边走边回头:是呀,你仔细想想。二癫子就仔细想。想后,那脸陡地黑下来。第二天,二癫子找到县里,说我不要这奖金,也不要这荣誉证书。县里的人很诧异,问这是怎么回事儿?

二癫子吞吞吐吐,他没胆量把牌友说的再说出来。县里的人说这是荣誉,不要也得要。二癫子说我不要我真的不要!县里的人便称赞二癫子谦虚,称赞二癫子高尚。二癫子只得悻悻而归。

隔了几天，乡福利院破天荒收到两千元汇款，人们正在议论这笔钱是谁寄的时，一放牛娃来报告：二癞子正在家门外燃起大火，不知在干些什么？众人赶去打探究竟，却不见二癞子，只看见屋旁一堆灰烬，仔细辨认，是被焚毁的桌椅和麻将牌。

她和他

她和他住在同一幢楼房里，上班——下班，下班——上班，经常能相遇，或同向而行，或面对面走过。她见到他，总要笑一笑。这笑，不是媚笑，也没有半点挑逗的意思，笑中除了包含着正常的礼义外，更多的是那种当老师的见到上进好学的学生时的舒心和惬意。

她是老师，机械厂工人业余职校的老师。两年前她刚调来时，人们对这位年轻貌美的少妇并没有抱多大的热情，因为她是一个局长的女儿。人们对当今人事工作上的裙带关系深恶痛绝，当官的子女都干的轻松的时髦的工作，谁知道她有没有真才实学呢？

"她不错！"不久，人们这样评价她。哪方面不错呢？一、相貌不错。她有苗条的身材、眉目清秀的脸蛋。就像看戏一样，演员长得漂亮，戏自然叫人看得下去。人们愿意和她说话，愿意听她上课。二、态度不错。她逢人便笑，露出一排整齐的洁白的牙齿。对于个别学员的钻牛角尖的提问，她从不恼，从不不耐烦。三、水平不错。至于是多高的水平，很难说出，既然是老

钱

118

师,那么她的学识在这群"工人大哥"中间,当然是鹤立鸡群的了。

他是学生,机械厂工人业余职校的学生。又是地地道道的工人,已经干了十多年车工,现在每天仍然要在车床边站八小时。他相貌平平,衣着简朴,在如今服装花样翻新,牛仔裤、羽绒服、猎装风靡之时,从衣着上看,你简直无法分辨他是上班还是下了班。他不苟言谈,不论见了谁,一律矜持地笑笑,笑得单调、乏味、傻乎乎。但他学习却很认真,上课听得虔诚,完成作业一丝不苟,称得上是学员中的佼佼者。她每逢见到他就笑一笑,是因为他成绩好?还是这好成绩里有她的功劳呢?大概兼而有之或是后者更为强烈吧!没有好老师,哪有好学生呢?

他喜欢看她笑。她从他对面走来,只隔几步远的时候,她笑了,露出一排细密、整齐、洁白的牙齿。这笑给人平易近人的感觉,这笑洋溢着女人的奔放热情,这笑也给他留下青春躁动的遐想。

一个星期天的早晨。这是一个美妙的星期天的早晨呵!天空湛蓝湛蓝,神秘而遥远。和煦的风,轻轻地掀动着林荫道旁的杨树叶子,发出迷人的沙沙声。他坐在石凳上,勾着头,旁若无人地看一本厚书。这里远离生活区,没有现代家用电子发声设备的聒噪和人们的喧哗,这里幽静而凉爽。他常来。

一会儿,她也来了。她从这经过,白底碎花的连衣裙,红色的高跟鞋,肩挎别致的小包,打扮得花枝招展。见了他,她站住了,嫣然一笑说:"用功啦,看的什么书?"听到声音他抬起头来,见是她,立即很有礼貌地站起身,亮亮书的封面说:"斯汤达的《红与黑》。""啊,小说!"她笑着,又不易觉察地皱了一下眉头,煞有介事地说:"下周要考试了,你要考出好成绩,考得好,可以参加全市的比赛呢!"他连忙地点了点头,嘴里"嗯嗯"着。她笑笑又说:"我有金属工艺学题解,要你去拿,你怎么不去呢?"面对她光彩夺目的姿色和甜甜的话语,他不知是受宠若惊呢,还是有点不知所措?他望着她,傻傻地笑着,不知该如何作答。

"金属工艺学题解有不懂的,尽管问我,我告诉你。"她欲走又停,用手捋捋耳边的头发，忽然转了话题，说："知道不，蜂窝煤好不好买？"

"应该好买。"他说，"平时人多挺挤，现在是月初，月初通常是消停的。"

"你有空吗？"

"有。也可以说是没有。"他说，"你要买煤？"

她没立时作答，下意识地把挎包从左肩换到右肩，好像挺难于启齿地犹豫了片刻，笑笑说："想麻烦麻烦你，我婆婆的姐姐家没煤烧了。"

"好的。"他合上书本。

她对他的爽快并不觉得意外。她说："只是路远了点儿，在城郊柳叶村，路窄，要用板车拖才行。"

"啊！"他犹疑了一下，说："行！我去借车吧。"

一天，机械厂里彩旗招展、热闹非凡。宽大横幅上的："热烈祝贺厂科协成立！"几个大字更是吸引全厂职工的眼球。成立大会在厂工人业余职校教室里举行，市科协领导、厂长书记们、工程师技术员们及各科室负责人鱼贯而入。她也来了。

突然，她发现了他，他端坐在最后一排椅子上。她想起他上课总喜欢坐在最后一排。她皱了一下眉头，在第三排的空位上坐下了。刚坐下，她又站起，站起又坐下，最后她还是起身，走到他面前，说："你也来了？"没等他回话，又俯下身子，耳语似的轻声说："这不是上课，是厂科协会员开会哩！"

她第一次与他这样近距离说话，他闻到了她吹来的令人陶醉的茉莉花香气。他定定神说："他，他们都说，我是当然会员……"

她不解："当然会员？！"

他正要掏出"省科协科普创作协会会员证"给她看，她已转身走了。

她和他依然每天相遇，至少有两三次，多时有五六次，或同向而行，或面对面走过。他每次见到她都要习惯性地用点点头的方式打打招呼。但她每次都木着脸，目不斜视的。

藤床

太阳涨红着脸很不情愿地快入土的时候，王安石才回到"半山园"。在离住所还有百十步时，王安石叫声"停"，就俯下身子从驴背上往下滑，牵驴的小卒忙伸手去搀扶，王安石早稳稳站在地上，吩咐说，把驴喂饱，说不定明天我还要出游。

牵卒说，老爷，骑驴辛苦，明日改乘轿子吧。

王安石摇摇头说，以人代畜，我不自在。

王安石对变法运动心灰意冷，要求皇帝赵顼罢免了他的宰相职务，自己又辞掉"判江宁府"官衔，搬出知府衙门已有三月有余。"半山园"是王安石给他的新居处所起的名字，虽然只有几间陋屋，一个小水塘和一些新栽的还长得不十分茂盛的树木，但王安石已颇为满意了。这里没有朝廷的钩心斗角尔虞我诈，没有衙门的繁杂琐事无端纷争，既清静又清闲。只要天气晴朗，他便骑驴到江宁附近各地游憩，每每流连忘返。

王安石活动了一下在驴背上颠得有些酸胀的腿脚，踱着小步穿过小径，正欲跨上石阶进屋，夫人吴氏迎了出来，既心疼又抱怨地说，像丢了魂儿似的，整天在外面跑，累不累啊？

王安石匆匆提衫迈过门槛，马上朝厢房里扫了一眼，随即没精打采地说，我饿了！

吴氏说,看你,灰头土脸一身臭汗!热水已备好,先洗浴再吃饭。

王安石说,先吃饭后洗浴吧。

吴氏哑然一笑,知夫莫过妻,心想今晚王安石又不会洗漱洗澡了。

熟悉王安石和吴氏的人都说他俩是阴差阳错配歪了对子。王安石生性邋遢,不修边幅。虽官至宰相,却经常不洗脸不沐浴,没事还不停地挠痒痒,因为他满是污垢的衣衫里藏有虱子。吴氏却是个有洁癖的女人,无论寒暑,她每晚就寝前必定温水沐浴,还要王安石效仿,虽王安石屡不配合,她也不烦不恼。等到第二天王安石出门理事,她必将褥被统统换掉洗濯个干净。

吃过晚饭,吴氏亲手给王安石沏上一杯绿茶,坐在桌对面柔声说,明天还出游吗?

王安石抿了口茶汁,用眼角的余光瞟了瞟置于厢房的藤床,轻皱眉头说,要去。

吴氏说,在家歇息两日吧。差役总是趁你不在到家里来,执意要搬走藤床。你在家,他们哪敢放肆!

藤床本是江宁府内公物。王安石第二次罢相后从开封回到江宁府居住时,吴氏见府中的藤床编织工艺精细,藤条粗细均匀,色泽柔和,花纹爽目,夏日用来纳凉平日用来小憩都是绝妙之物,便借来供自己专用。王安石举家搬出江宁府时,吴氏又悄悄把藤床运到了"半山园"。

王安石又抿了一口茶,眯缝着眼慢条斯里说,府上规矩,有借有还。搬家时我就要你送回去,你不听,倒让差役上门来讨了。

吴氏见王安石不帮自己说话,使起小性子来,说,不就是一张小小藤床吗,差役讨要又怎么着? 我偏不给!

王安石从不与吴氏顶嘴,只顾一口接着一口地饮茶。过了一会,他伸展双臂,打了个响亮的呵欠,懒懒地说,我困了。

吴氏历来对王安石体贴有加,王安石决定要做的事她从不阻拦,连忙起身说,你明日还要出游,早点歇息也好,我去给你铺被子。

这晚,王安石翻来覆去睡不安稳,鸡叫头遍才迷迷糊糊睡去,醒来时,吴

氏已不在身边,太阳也快晒到房顶了。王安石刚掀开帐幔,吴氏便上前问道,牵卒来过几回了,问你今天出游否?

王安石伸了个懒腰,说,今天不去了。

吴氏脸上立时绽出笑容,悦声说,正好。这些日子我闷得慌,今日想去定林寺拜佛烧香。你在家里给我对付那几个差役吧。

定林寺离"半山园"并不远,中午时分,吴氏在贴身使女的伴陪下乘着小轿回来了。吴氏惦记着她的藤床,进门就喊道,安石,安石,差役来过吗?然而,连喊几声,都不闻应答。吴氏急忙走进厢房,眼前的一幕让她惊呆了。只见王安石身着脏衣裳光着黑脚丫躺在藤床上,正鼾声如雷。吴氏情不自禁大叫一声,糟糕!

王安石被夫人吵醒,翻身坐起,微嗔道,睡得正香,为何吵我?

吴氏说,今天差役可曾来过?

王安石一本正经说,我睡在藤床上,谁敢来索要!

吴氏苦笑着说,好心办坏事,你把我的藤床弄脏了。

王安石慌忙跳下床,一拍脑袋,说,哎呀,我忘了!仔细擦洗一下吧。

吴氏很沮丧,心想,藤床上全是缝缝隙隙的,里面藏进了虱子,怕是难以弄干净了。于是十分惋惜地说,藤床我不要了,差人把它送回官府吧。

王安石心里暗暗地乐。

吴氏永远也不会知道,差役索要藤床是因王安石授意而为,王安石弄脏夫人心爱的藤床也是无奈之举。

求人

　　沈大妈为儿媳妇申请低保的事跑了两年也没有着落。沈大妈的独生子遭车祸瘫痪在床,厂里只给他五百多元生活费,要养老又要养小。儿媳从农村来城里帮助料理家务,农村的田土又荒芜了;想找份临时性工作补贴家用,可她也有慢性肾病,家务活就够累的了。

　　沈大妈的右腿也有残疾,只得拄着拐杖揣着儿子厂里的证明、居委会的证明、儿媳所在村委会的证明去找一个部门又一个部门。开始倒还顺利,最后在 B 那儿卡壳了。B 是 M 部门的领导,长着一张红润的胖脸。B 说你儿子致残既不是工伤也不是见义勇为,儿媳怎能享受低保呢? 这不符合政策! 沈大妈说,好多部门都说这是特殊情况,可以申请低保的。B 就揶揄说,他们说可以,你去找他们吧! 沈大妈不死心,又隔三岔五去找 B,B 总是用不符合政策这句话回绝她。

　　有人给沈大妈出主意,说得向 B 意思意思。沈大妈说,穷得叮当响,我哪还有敬神的钱呀! 又有人给沈大妈出主意,说去找比 B 更大的官 A 领导吧,兴许行。

　　沈大妈便抱着试一试的心情去找。有人说 A 在开会。沈大妈直抱怨自己机会不好,但她下决心一定要等到 A,便在门外的长椅上坐下来。沈大妈一门心思想儿子的遭遇,想自己的无奈,还想见了 A 该如何讲等,以至于

长椅的另一头又坐上了一个人也不知道。直到来人说，大姐，你也有事找领导？才扭过头，一看，竟是 B。一年不见，B 老了许多，胖脸已不红润了，露出憔悴之色。

沈大妈有些不知所措，问了一句，来开会？

B 笑笑说，哪里，我找 A。

沈大妈说，A 正在开会。

B 说，你也找 A？

沈大妈没吭声。

B 不知趣又问，你找 A 有啥事？

沈大妈这才不悦地拉长声音说，申——请——低——保——的——事！

B 说，低保的事，何必找 A，只要符合政策，找 M 部门就行。

沈大妈看出 B 根本就没认出是她，也压根儿不记得她曾多次找过他的事了。便说，M 部门的领导真混，符合政策的事，也硬是不给办！

B 尽管注视着沈大妈的脸，还是没认出她来，说，你说说情况，这低保的事，符不符合政策我最清楚。

沈大妈便把一叠证明递给 B。

B 只把一张张证明材料溜了几眼，说，你儿媳的低保绝对符合政策，只差 M 盖章了。M 部门的头儿是 C，这家伙才来不久，我也不熟，嗨，要是我、我还在那里，一句话就给你办妥了。

沈大妈听他这么一说，故作惊讶说，你也是 M 部门的领导呀？

B 闷闷地说，嗨，半年前退下了。

沈大妈眼睛一亮，退了好呀，享清福了！

B 轻轻叹了一声说，好个屁？气死人哩！该享受的待遇没全落实……

沈大妈瞥一眼 B，用揶揄的口气说，你也会有难处？

也许是同病相怜吧，B 把沈大妈当成知音了，牢骚满腹地说，可不是，我找了好多部门，问干吗要降我一级，一拖再拖也没能解决！娘的……

沈大妈坐不住了，她站起身来。

B 见状，忙说，你要走？急什么嘛！嗨，我昨天也来过，今天等不到 A 我就不走！总有讲理的地方嘛……

沈大妈白了 B 一眼，头也不回一瘸一拐往楼下走去。

看文件

S 局有许许多多文件，大多是市里各部门各单位寄来的，还有不少是局里自己的。

S 局郝局长很重视这些文件，除安排专人分门别类妥善保管外，有些文件，局领导看后，还规定各科室负责人也必须看。科室负责人看过两回后，提出异议：这些《工商信息》、《供水简报》、《公路养护》、《棉花培管》等和我们的工作毫不相干呀！

郝局长正色说，文件印出来发下来就是给人看的，大家必须看，看后还要在每份文件的传阅卡上签名，列入考核，与奖金挂钩。于是，科室负责人也养成了看文件的习惯，一旦得知来了新的文件，必定抽空去阅之。

但也有例外，行政科龚科长不爱看文件。郝局长发现这一情况后，找到龚科长，说：小龚，你怎么不去看文件？

龚科长回答说：局长，我哪有时间呀？下水道堵塞了，要去请管道工疏通；锅炉房煤炭烧不了两天了，要联系货车去拖煤炭；还有……

钱

郝局长厉声打断龚科长的话,说:再忙也要看文件!不看文件,不了解上级精神,两眼一抹黑,怎能搞好工作?

龚科长忙说:我看,我会看的。

郝局长嘱咐说:看了文件,别忘了在文件传阅卡上签上名字,我要检查的!

过了几天,S局又收到了文件,郝局长因要去省城开会,指示局办公室通知科室负责人先看。郝局长回局后,见一份份文件的传阅卡上已签上密密麻麻的名字,心里十分高兴。但郝局长仔细一查看,脸倏地阴了下来,他发现这些传阅卡上唯独没有龚科长的名字。

郝局长立刻把龚科长叫到办公室,皱着眉说:小龚,你怎么又不看文件?

龚科长急忙解释说:局长,我实在是抽不出空来。冬天到了,这几天我正挨家挨户为退休职工送烤火煤,下午我又要为职工去液化气站灌气……

郝局长没好气地说:别尽讲客观原因,你要明白,看文件也是一种政治待遇,这文件一般群众想看还不让看呢!

龚科长有些感动了,说:局长放心吧,我会看的。

郝局长顺手拿起办公桌上的一叠文件,余气未消地说:你看,这些文件,该看的人都看了,都签了名,就你没看,就没有你的签名!你工作忙,这是事实,难道别人都是吃闲饭的?

龚科长尴尬地笑笑说:局长,忙完这阵子,我一定抽空看。

郝局长把一叠文件递给龚科长,说:你别想走,现在就看!

龚科长便认真地看起文件来,他每看完一份就在传阅卡上签上名字。

突然,龚科长惊住了,他发现有一份文件,大概是印刷厂的疏忽,其中有四页纸竟是连在一起的,还没有被裁剪开,根本无法看到里面的内容,而传阅卡上却签满了名字。龚科长想把这个发现告诉郝局长,但他又看见郝局长的大名也赫然写在传阅卡上,便急忙把嘴边的话咽了回去。

第七辑

Hao Yi Duo Ma Li Hua

好一朵茉莉花

寄钱

　　回乡办完父亲的丧事，成刚提出要母亲随他去长沙生活。母亲执意不肯，说乡下清静，城里太吵住不惯。成刚明白，母亲是舍不得丢下长眠地下的父亲，成刚临走时对母亲说，过去您总是不让我寄钱回来，今后我每月给您寄二百元生活费。母亲说，乡下开销不大，要寄寄一百元就够用了。

　　母亲住的村子十分偏僻，乡邮员一个月才来一两次。如今村里外出打工的人多了，留在家里的老人们时时盼望着远方的亲人的信息，因此乡邮员在村子里出现的日子是留守村民们的节日。每回乡邮员一进村子就被一群大妈大婶和老奶奶围住了，争先恐后地问有没有自家的邮件，然后又三五人聚在一起或传递自己的喜悦或分享他人的快乐。这天，乡邮员又来了。母亲正在屋后的菜园里割菜，邻居张大妈一连喊了几声，母亲才明白是在叫自己，慌忙出门从乡邮员手里接过一张纸片，是汇款单。母亲脸上洋溢着喜悦，说是我儿子成刚寄来的。邻居张大妈夺过母亲手里的汇款单看了又看，羡慕得不得了，说，乖乖，二千四百元哩！人们闻声都聚拢来，这张高额汇款单像稀罕宝贝似的在大妈大婶们手里传来传去的，每个人都是一脸的钦羡。

　　母亲第一次收到儿子这么多钱，高兴得睡不着觉，半夜爬起来给儿子写信。母亲虽没上过学堂，但村小教师的父亲教她识得些字写得些字。母亲的信只有几行字，问成刚怎么寄这么多钱回来？说好一个月只寄一百元。成刚回信说，乡邮员一个月才去村里一两次，怕母亲不能及时收到生活费着急。成刚还说他工资不低，说好每个月寄二百元的，用不完娘放在手边也好

应付急用呀。

看了成刚的信,母亲甜甜地笑了。

过了几个月,成刚收到了母亲的来信,信只短短几句话,说成刚你不该把一年的生活费一次寄回来。明年寄钱一定要按月寄,一个月寄一次。

转眼间一年就过去了。成刚因单位一项工程工期紧脱不开身,原打算回老家看望母亲的,不能实现了。他本想按照母亲的嘱咐每月给母亲寄一次生活费,又担心忙忘了误事,只好又到邮局一次给母亲汇去二千四百元。二十多天后,成刚收到一张二千二百元的汇款单,是母亲汇来的。成刚先是十分吃惊,后是百思不得其解,正要写信问问母亲,却又收到了母亲的来信。

母亲又一次在信上嘱咐说,要寄钱就按月给我寄,要不我一分钱也不要!

一天,成刚遇到了一个从家乡来长沙打工的老乡,成刚在招待老乡吃饭时,顺便问起了母亲的情况。老乡说,你母亲虽然孤单一人生活,但很快乐。尤其是乡邮员进村的日子,你母亲更是像过节一样欢天喜地。收到你的汇款,她要高兴好几天哩。成刚听着听着已泪流满面,他明白了,母亲坚持要他每月给她寄一次钱,是为了一年能享受十二次快乐。母亲心不在钱上,而在儿子身上。

姨妈的记性

姨妈叫灵巧,却名不副实,她不仅不灵巧还有些憨。

外婆生了两个女儿,当然,一个是我妈,一个就是我姨妈了。姨妈常说我妈运气比她好,说我妈嫁到了城里,而她却还是"乡巴佬"。姨妈还说我妈嫁的男人也比她嫁的男人强,因为我爸是机关干部,而姨父只是个修地球的农民。听我妈说,姨妈这辈子没过上几天好日子,因为姨父死得早,给她留下四个半大不小的孩子,姨妈为了养活这些孩子,起早贪黑地干农活做家务,不到五十岁背就驼了。日子实在过不下去时就找我妈要点钱要点粮食什么的,因此,姨妈就常常进城来。姨妈每次进了城,必定拿出写有我家住处的街名和门牌号码的硬纸片儿问人,边走边问,才能找到我家。但从我家出来后,姨妈就认不得回去的路了,因为她若是问城里人去乡下的路怎么走,是没有多少人回答得出来的。有几回,姨妈揣着我妈给的钱或背着从我家米桶里舀给她的米离开我家几小时后又转回来了。我妈问怎么又回来了?姨妈说不认得出城的路了。我妈气得骂姨妈说,你脑子一盆糨糊,到城里来也不只十次八次了,记性给狗吃了?姨妈一脸的尴尬,听我妈数落一声不吭。我妈知道不亲自送送,姨妈是回不了乡下的家的,只好放下手上的事送姨妈到出城口。有时是星期天,我妈就要我送姨妈出城。去送姨妈,我不停地看姨妈走路,姨妈走路的姿态挺有意思,因为驼背,她的脸面几乎和路面是平行的。我对我妈说姨妈不认得路是因为她不抬头看路。我妈骂我死丫头!说你姨妈记性差是天生的,你扯什么邪!

我妈常感叹地对我说,别看你姨妈如今这么个窝囊样子,年轻时可是一枝花哩。不到三十岁守了寡,好多人劝她再嫁人,好多男人找上门纠缠,姨妈就是不听不从,硬是单打鼓独划船撑起一个家,把四个孩子慢慢拉扯大。我觉得姨妈很可怜,姨妈来了,我会主动去给她舀米,还常常把米桶舀见底。我还把我积攒的零花钱塞到姨妈的口袋里。姨妈大概觉得老是找我家要钱要东西不好意思,偶尔也会带两斤绿豆或是捉一只刚开叫的小公鸡来。我妈当然不会接受,还责怪说,少些礼行吧,你家东西多啦?

姨妈的孩子都成人后,日子好过些了,姨妈也清闲些了,有时进了城并不急于当日赶回乡下去,我妈就留姨妈住上一天两天的。树老根多,人老话多,两个老姐妹在一起有说不完的话。话虽多,但话题总离不开各自的子女,

谈到子女就说谁谁是那年出生的,年龄多大了,该说媳妇儿了。说谁谁是那年出生的,年龄多大了,该找婆家了。有一次,老姐妹俩谈着谈着竟争论起来,我妈说我的年龄比姨妈的三儿子年龄小,姨妈坚持说我比她三儿子年龄大。我妈不服气说,你的记性都喂狗了,偏要和我争!姨妈不服输说,我没记错。我问你,你妹夫是哪年死的?我妈想了想说是一九七四年。姨妈说,对!恰好那年我生了我三儿子。我妈听姨妈一说,不由得"哦"了一声,说,对对,我去乡下吊丧还抱着琴呢。琴,就是我。见我妈认输了,姨妈很开心地笑了,说,我姐姐家里的事我还会记错吗?我姐姐家里的事我都记得哩!

一天,姨妈又从乡下来了,我妈又说留姨妈住一晚。吃了中饭,姨妈问我妈说,姐,我每次来都没看见姐夫,他人呢?我妈说,你姐夫是大忙人,不是到市里开会,就是在单位里召开会议,平时迎来送往都忙不赢哩!还时常到外地考察,这不,上个星期又去了上海……姨妈一脸惊羡地说,啧啧,难怪,我只怕有七八年没见到姐夫了呢。

我妈和姨妈正说着话儿,突然我爸开门进来了。在我妈接过我爸的旅行箱时,姨妈已笑嘻嘻喊出了一声姐夫!我爸边向姨妈问好边在沙发上坐下来,很高兴地和姨妈说起了话儿。早就听我妈说过,我爸这个做姐夫的,向来对这个做小姨子的姨妈的印象不错。姨妈没结婚那会儿到我家来了,我爸常会像逗小妹妹一样的和姨妈说玩笑话儿、玩扑克牌儿。姨妈在我爸面前也从不拘谨,一声声姐夫哥喊得脆亮亮的。

这时,我爸对姨妈说,你的孩子都大了,你也该好好歇歇了,没事常来城里住住、玩玩。我妈接过话头说,灵巧她呀,劳碌命哩,来了住一天两天就嚷着要走,她舍不下她的儿呀孙的!姨妈在我妈说话时,眼睛一直盯着我爸看,看着看着突然对我爸说,姐夫,你也快忙到头了吧?我爸笑着说,还早,还有几年忙哩。姨妈说,还有几年?你今年也该满六十岁了呀!我爸愣了一下说,不,今年我五十六岁。姨妈眼睛一眨也不眨地沉思了片刻说,姐夫,你自己一定记错了,我记得……我妈见姨妈多嘴多舌,一边给姨妈使眼色一边大声制止说,灵巧!姨妈一定是在很投入地回忆着什么,并没有理会我妈的一言一行，继续说，姐夫，我记得清清楚楚，你是一九四二年九月的，今年六十岁了。我爸不吭声了。我下意识地看了看我爸的脸，那脸色突然变得阴沉沉的，很难看。我爸也不和谁招呼一声，就起身进卧室里去了。我爸刚关上卧室的门，我妈立刻没好气地大声呵斥姨妈说，你怎么一说起年龄来，记性就这么好？讨厌！

姨妈大概也觉察到了什么，打这以后，姨妈再没有到我家来过。

好一朵茉莉花

转身走进厨房，她将花送到鼻下面，多好的茉莉花啊！洁白的花瓣儿，鲜嫩欲滴，散发着馥郁的芳香。

她早就想得到这茉莉花，是出于姑娘的自尊，还是女性的妒忌？每天早上，一看见他给那些女车工、女钳工每人送两朵时，她心里就涌起一股很不好受的滋味。为什么每次都不给我？在乡下，我才不稀罕哩，那洁白的栀子花，纤巧的金银花，到处都是。我不漂亮？我土气？我虽说不如她们时髦，随着父亲的去世，我也是城市户口了！

终于得到了茉莉花，他主动送的。走到卖菜窗口，把花往她手里塞。她接过花，又惊又喜。

整整一个上午，那串花儿挂在衬衣第二粒扣子上，她时不时看它一眼，或埋下头深深地吸一吸香气。她在心里感激他。姑娘的心为此慌乱了一上

午。直到中午,他笑眯眯地从她手里端走了菜,心,才如释重负地平静下来。

但以后有好几天没有得到茉莉花了。她总共只得到两次花。每天早上,他照样给那些漂亮的姑娘们送花,好像和往常一样忘却了她似的,她离他那么近,心却离得很远。

一天中午,开饭的时间快过了,她正要去关窗口上那扇小门,忽然从窗口塞进一只搪瓷饭盆,是他!他笑眯眯地说:"小凤,你喜欢茉莉花?"

"……"

"我种了好多盆茉莉花,天天都开,你要是喜欢,以后天天给你带。"她边说边把菜票递进去:"来两份肉!"

她打好菜,却抓住饭盆不放:"一元钱哪能买两份肉?!"

"嘿嘿……"他把头伸进窗口,尴尬地笑着。

她顺手指指墙上。他的目光落在那块小黑板上:那上面记录着炊事员的客餐费用,她的名字后面赫然写着:炒肉丝两份。日期正是他第一次给她送花的那天。那天他白吃了两份肉。

从此,她将永远失去他的茉莉花。她不后悔,因为家乡田野的笃实本色的野茉莉将永远开在她的心灵里……

擦皮鞋的小男孩

我平生第一次花钱擦皮鞋是在春节的前两天。那天下午,我去书摊上买书,摊主是个熟人,他问我放假了?我说明天放假,今天上午搞完卫生,下午也就没事了。他问我春节会到哪儿去？我问他春节停不停业？正交谈着，忽然背后响起一个童声："老板，擦皮鞋吧？"我扭头一看，一双天真无邪的眼睛正盯着我。小男孩顶多十来岁，身子瘦弱，左手挎着一只小竹篮，里面装着鞋刷、鞋油、擦鞋布和一个很旧的装了清水的可口可乐瓶子，右手吃力地拎着一把靠背椅和一个小凳子。我好奇地问小男孩，你也会擦皮鞋？小男孩不正面回答我，而是瞪着又黑又大的眼睛望着我说，"老板，过年了，擦皮鞋吧，只要一元钱！"摊主是个文学爱好者，我每次来，他都要留住我和我谈些有关文学的事，见小男孩干扰我们谈话，就呵斥小男孩别打岔走远点。此时我脑子里出现的是我十五岁的儿子正坐在温暖的家里烤火的情景，我忽动恻隐之心，决定破例一回，满足这个小男孩的要求。

　　端坐在小男孩面前的靠背椅上，把一只脚踏上略有倾斜度的垫脚架上的瞬间，我有一种从没有过的当老板被人伺候的快感，但随之而来的是一种如芒刺背的害怕，在来来往往的人们眼里，我不是在残忍地使用童工吗？随即我又安然了，因为我是出于同情才这样做的，小男孩没有皮鞋擦赚不到钱不是更可怜吗？此时，小男孩正把一些硬纸片插进我的鞋里，我知道这是防止鞋油弄脏我的袜子。我问小男孩是哪里人？他说是澧县人。澧县我是去过的，离我们这里五十多公里。一九九八年闹洪灾，损失惨重，那里的农民至今还没有缓过气来。我问小男孩几岁了？他说他十一岁。我问他读几年级？他低着头没回答。我以为他没听清又问了一句，他还是没回答，我看出他是不愿意回答这个问题。我想，小男孩一定早就辍学了。

　　小男孩开始给我擦皮鞋了。他首先挤出可口可乐瓶里的水打湿抹布，再用湿抹布擦净鞋底和鞋帮交接处的泥土，接着又擦拭另一只。这另一只鞋擦拭完，先擦拭过的鞋面上的湿印就风干了。小男孩采取同样的步骤，先将一只鞋帮涂上鞋油，反复刷了个遍后，然后又去刷另一只。等鞋油风干了，又把鞋面仔细刷了一次，接着双手紧绷一块尺许长叠了两层的软布在鞋面上来回飞舞，鞋面顿时放出乌黑的亮光来。小男孩娴熟的动作，专注的神情，令我感想多多，也留住了许多过路人的目光，一年轻人驻足观看时说，有

蓓
钱

味！这小伢儿手艺还真不错呢。我觉得这年轻人太不明事理了，于是抢白他说，有味？这是生活所迫呀，城里这般大的孩子，还在父母面前淘气撒娇呢！小男孩并不理睬旁人的议论，仍旧一丝不苟地忙活着，他正在给我的皮鞋上蜡。他左手拿着一砣园形的白蜡，右手横握着一把刷子，刷子交替着在白蜡和鞋面上飞舞，贼亮的鞋面上又多了一层防水的蜡膜。看得出，小男孩已不是初出道的擦鞋者了。

我很想多了解一些小男孩的情况，我问小男孩干这行有多久了？他仍低着头一言不发。自从我问过他读书的事后，他就一直没有抬过头也没有说过一句话。我想我的问话一定是触到了他的痛处或是伤了他的自尊心。我突然决定要多给小男孩一点报酬。我掏出两元钱说，过年了，多给你一元钱吧。小男孩终于抬起了头，他那又黑又大的眼睛一眨不眨地看着我，嘴唇不停地翕动着。我想他一定会道声谢谢的，没料到他抽出一元钱放在我的膝上后冷冷地说，你怎么不多给十元钱呢？我心头一震，一时不知说什么才好。

小男孩的话被书摊摊主听到了，摊主没好气地说，真不知好歹！你这小家伙……我连忙摇手止住摊主的话头，我意识到是我做得不好，我不该多给他一元钱……

贼

"谁呀？"刘富嫂坐在电灯下缝衣服，透过"轧轧轧"的缝纫机声，忽听隔壁堂屋里有"窸窸窣窣"的声音,他心里一颤,踩缝纫机的双脚不由自主地停了下来,愣了愣,扭头看着通向堂屋的房门口,大声问道。

堂屋里黑咕隆咚的。屋外,春雨紧一阵慢一阵地下着;刺眼的闪电不时划破夜空;沉闷的雷声好像贴着屋脊滚动,房子都震得索索发抖。

"谁呀?"刘富嫂又问了一句,接着把手里的布片往缝纫机上一扔,站起身来。她屏声静气听了听,没有人回答。是猫捉老鼠扑腾得响吗?不像。是……刘富嫂不敢往下想了。她男人刘富天刚黑就到村西头小河里扳鱼去了,不到深更半夜不得回来。两个半大的孩子都睡着了,家里再没别人。在这寂静的乡村雨夜里,近处又无邻居,她本来就有些胆怯,这时不禁浑身起了鸡皮疙瘩。

"贼?!"她心里倏地闪过一个念头。堂屋里的灯泡坏了,手电筒又给刘富拿走了,她从桌上抓起一盒火柴,几步走到房门口,"嗤"地划燃了,一看,嗬,虚掩的大门开了;再一看,堂屋角落里站着一个人。

"你这人!"刘富嫂悬起的心一下子落下来,柔声里透着嗔怪:"进门也不吭一声,吓人一跳!"

来人是刘富。要是在往常,他一定会猛地调转身来,做个滑稽的样子,欢快地回敬一句:"吓死你!"可是今天他脑壳里乱哄哄的,无论如何也快活不起来。为什么呢?他自己也难以讲清楚。听了妻子的话,只是略微侧了一下头,仍然闷头闷脑地忙着。他想把滴嗒着水珠的斗笠、蓑衣挂在土墙上,可是弄来弄去却没有找到钉子。

火柴燃尽了,堂屋里又乌漆墨黑的。

"手电筒呢?我给你照。"女人说。

"算了。"刘富把斗笠、蓑衣扔在长板凳上,转身去关大门。

刘富嫂还想说句什么,忽然听见有鱼儿蹦跳的噼啪声,她心里一喜,忙伸脚一探,弯腰提起鱼篓儿。她把鱼篓儿提到灯下看了看,笑眯眯地说:"哟,一色的鲫鱼,怕有三四斤哩!"

刘富跟着走进房来。他三十五六岁,个头虽高,却很单瘦,那显得窄一

些的额头上,过早地挤满了皱纹。他叉开两腿,在房门边的矮椅上坐下,掏出烟点着,用力吸了两口,两道眉毛快挤到一块儿了。

"喂,你不是说雨下得越大,游上水的鱼儿就越多吗?"刘富嫂把鱼倒在事先装了水的盆了里,一边看翻着水花的鱼儿,一边说:"怎么就回来了?"

"把世上的鱼都给你弄来!"刘富突然冒出一句话。

"怎么了?"刘富嫂用吃惊的目光望着男人。

刘富顿时也一愣。是呀!我怎么了?我怎么平白无故拿气话刺妻子呢?日子过得不顺心?不是。缺米少柴?也不是。好像是为了证实这几个"不是"似的,他的眼睛竟不由自主地满屋子看起来:土墙才粉刷过,上面贴着好几张彩色年画;有个胖娃娃,骑在一条大红鲤鱼背脊上,咧着小嘴直笑哩。画下面的三屉桌上,摆了架锃光闪亮的双铃闹钟,那钟的彩色字盘上,一群小鸡正围在母鸡周围觅食,那母鸡的头总是一上一下不停息地啄着,好像有吃不完的食粮。三屉桌旁是一部崭新的缝纫机……

刘富嫂目不转睛地朝丈夫看了一会,走到缝纫机旁坐下,一边"轧轧轧"踩动机子,一边说:"熬夜怪伤神的,早点回来也好,累了就早点睡。"

刘富收回盯住缝纫机的目光,轻松地嘘了一口气,站起身来伸了个懒腰。他把烟屁股往地上一丢,拿起脸盆往厨房走去。可是刚走到堂屋里,又回转身来,问道:"哎,早些时候有人来过吗?"

"你刚走,队长路过,在门口站了站。"女人答道。

"知道我去扳鱼吗?"

"我说了。"女人手里拨弄着布片,头也不回说,"他说要不是去公社开会,他也想去呢。"

"唉!"刘富情不自禁地叹了一声。他又返回房里,一屁股在矮椅上坐下来,脸盆"咣"地一响落在地上。

"怎么了?"女人惊异地回过头来道,"如今的政策允许扳鱼,又不是做贼,你怕什么?"

刘富嫂的话刚刚落音,突然一道强烈的闪电划破夜空,紧接着响起了隆隆雷声。雨又下大了,像无数口滚沸的大油锅里撒进了盐,哗哗哗一片乱响。

"这个鬼雨!没完没了地下,下!"刘富倏地从椅子上跳起来,狠狠地咒骂道。他一会儿把耳朵贴在窗户边听一听雨声,一会儿又跑到堂屋里,把大门拉开一条缝,凝神看着屋外黑漆漆的原野。突然,他几步走到妻子跟前,下决心似的说:"我再出去一趟!"

"别去了,别去了!"妻子爱怜地瞟了丈夫一眼说,"鱼弄得完吗?钱弄得完吗?"

"不……"刘富说,"我有事。"

"什么事?"刘富嫂扭头看时,见丈夫已闪进堂屋里了。她追到房门口,借着一道闪电的亮光,看见丈夫头戴斗笠,身披蓑衣,像箭一般冲出大门。她焦急地喊:"你,你到哪里去?"

"你别管!"远处传来回答。

"哼!瞒着我准不是好事!"刘富嫂想着,突然生起气来。她嘴一噘,"嘎"地把门闩上了。

刘富嫂又坐在缝纫机旁,她拿起快缝完的蓝布短裤看了看,却再也没有心思缝下去了。往常丈夫扳鱼回来,总是喜眉笑眼的,还会喋喋不休地谈起怎么跑了一条大鱼呢!今天丈夫是怎么了?好像丢了魂儿似的。难道出了什么事?刘富嫂不禁暗暗着起急来。大门虽然闩上了,她这时却又只想听到敲门的声音。可是等了好久,除了雷声、雨声,就是没有敲门声。

她觉得困倦了,眼皮子在打架,还连连打了几个呵欠。一天的劳累,这时一齐向她袭来,她支持不住了,灯没关,衣没脱,就斜躺在床上养起神来。她眼睛虽然闭着,耳朵里仍在仔细捕捉那敲门声,可是渐渐地,耳朵里连雨声也没有了。

"嘭嘭嘭"有人敲门。

刘富嫂惊醒了。她睁开眼、定定神,没有吭声。

又是一阵敲门声。刘富嫂支起半截身子,还是没吭声。她扭头看看钟,

都快十一点了。

"还晓得回来？死鬼！"她心里骂道，挪挪身子，又躺下了。

"刘富，刘富！"又是敲门又是叫。

刘富嫂心里一惊，一下子从床上弹起来，连连应道："嗬，是队长，来啦来啦！"

随着门开，立即射进两道雪亮的手电光。刘富嫂揉揉刺得发花的双眼，才看清除了队长外，还有队治保主任站在门口。她心里直纳闷：他俩深更半夜来干什么呢？

这时，只听得队长问道："刘富呢？"

"他，他还没有回来。"

"嗬，还没回来？鱼弄得完的？这财迷！"队长打趣道。

"不，他今天可回来得早呢，"刘富嫂忙说，"只扳了三四斤鱼。在家里坐了一会儿，又出去了，但没带网。"

"嗬！"队长若有所思地点着脑壳，咕哝说，"人到哪里去了呢？"

"是呀，我一直在等他回来呢。"刘富嫂焦急地说，"队长，您找他有事？"

"不，是他找我呢！"队长嘿嘿笑着，"我开会回来，一到家，就听邻居说刘富找过我，还说是要紧事呢，我顺便来问问的。"

"哦。"刘富嫂客气地说，"进屋坐坐吧！"

"不了。"队长说，"这么大的雨，我们还要到处去转一转。"说罢，和治保主任吧哒吧哒踩着泥水走了，手电光一会儿就消失在茫茫夜雨里。

刘富嫂呆呆地站在门口，好久没有动弹。她心里像塞进了一团乱麻，怎么也理不清头绪。丈夫到哪里去了呢？有人说他夜深找队长，现在队长又深夜来找他，这事情可古怪呢！想着想着，刘富嫂突然不由自主地打了个寒战。黑暗中，她仿佛看到了治保主任那双狡黠的小眼睛。他站在大门口虽然一直没有开口，但他登门可是个不祥之兆啊！

刘富嫂记得：那一年，生产队的萝卜被人偷挖了，治保主任登过她家的门;村头打米机房丢了一小袋子谷,治保主任也登过她家的门。治保主任每次登门,丈夫都抬不起头,讲不起一句硬话。她苦苦地劝过丈夫:"刘富啊,宁肯把裤带勒紧点,那丢人现眼的事,再别干了……"

"孩子呢?孩子怎么办?"刘富把脸埋在宽大的手掌里,呜咽着说,"留着脸皮,饿了肚皮!我这男子汉填不饱老婆孩子的肚皮,我还怕什么!"

不怕吗?那阵势才骇人呢:挂黑牌、批斗、游乡……今晚刘富莫非又……不!不可能!刘富嫂不敢往下想了。她把门关上,但没上闩,然后心事重重地躺在床上。

"咳咳……"屋外传来咳嗽声。

谁呢?刘富嫂仔细一听,顿时又惊又喜。嗬,是丈夫回来了。她正要下床去开门,猛想起门是虚掩着的,便坐在床上等着。

刘富手里拿着斗笠,身上的蓑衣也没脱,就跑到房里来了。他像喝了二两大曲酒,脸上泛着红光,冲着妻子笑,说:"你还没睡?等急了吧!"

刘富嫂横了丈夫一眼,道:"还笑哩!"

"这下就好了!"刘富边脱蓑衣边笑着说。

"好个鬼!刘富嫂满脸愁云,"队长和治保主任找过你!你到哪里去了?"

"我——知——道!"刘富有板有眼地吐出三个字后,怡然自得地说,"我守粮屋去了。"

"守粮屋?"刘富嫂眼睛眨也不眨,不解地说:"谁派你了?"

"我自己。"

"关你个屁事!"刘富嫂嗔怪道。

"怎么?不关我的事?"刘富眼睛鼓得像铜铃,好像看着陌生人似的看着妻子,道,"还关你的事呢!你知道吗?那里面尽是粮食,粮食!"

"你,你又……"刘富嫂心里像揣了只兔子咚咚直跳,一默神,忙改口道,"你是治保主任啦?"

"嗨!和你讲不清……"刘富嘴角一歪,鼻子一耸,做了个怪样子,然后

紧挨妻子坐下来。他眼睛盯着在盆子里戏水跳跃的鲫鱼儿,过了一会儿说:"嗨,今晚的鱼儿真多,我扳鱼扳得正起劲的时候,忽听背后一响。你知道的,那里新建了一座粮屋,我连忙跑过去一看,嚯,原来是雨水把新填的地基泡塌了,粮库的墙也跟着垮了一个洞,有脚盆大呢!那里面的谷子都撒了出来。我一下子惊呆了。一想,这可是是非之地呵,我赶紧就回来了。可到了家里后,心里也不安啦,你想,万一今晚那粮食有个差错,人家说不定又要怀疑到我脑壳上,我去找队长,队长又没回,我就……"

"你又没偷,怕个屁!"刘富嫂心里一块石头落下地,淡淡一笑说。

"嗨,女人见识!你光用嘴说,人家能信……"刘富说完,用肩膀撞了一下妻子,轻轻说,"我没回来,你就先睡呗,未必硬要等我回来?"

"快活!"刘富嫂心里美滋滋的。她满脸笑容地跳下床,到厨房里去了。一会儿,她打来一脸盆热水,放在矮椅子边,又从床下摸出一双新布鞋,放在脸盆边,然后坐在缝纫机旁,拿起那条没缝完的短裤,说:"喂,你的短裤快缝好了,你等会洗了脸、脚,就试一试,我第一次缝衣服,不知道合不合身?"

屋内,缝纫机"轧轧轧"响了起来。屋外,春雨仍在哗啦啦下着。

书摊前

小兰的背后,是斜靠在墙壁上的两个简易书架,上面摆满了各种文学期刊和时尚杂志;她的前面,是当街横放着的两张条桌,上面也摆满了各类大报小报。她望了望那一对飘然而去的青年男女，又看了看那一堆被翻弄得杂乱无章的报刊，心中直冒火。她一边整理着报刊，一边不耐烦地瞟了瞟面前的顾客，她发现有几个男青年，眼睛没盯在报刊上，而是在偷偷地看着她。小兰自己清楚：她面容俊秀，身材窈窕，就是穿一身补丁衣服也会风姿绰约的。哼，买书的一个没有，来看人的倒有好几个！突然，小兰找到了发泄怨气的目标，她大声说："喂，这书是卖的，别老是翻来翻去的，弄脏了谁买？"

被喝斥的人惊得一抬头，手倏地缩回，片刻又把手伸过去，好像为了证实他的手干净似的，还把手掌手背翻转了几下。

那双手干净不干净，小兰本不知道，也不打算知道。但她还是看见了：这是一双搞体力劳动的手：手掌指根处有厚厚的茧皮，粗糙的手呈现出深褐色。

"不是卖的么，怎不让挑选？"一双布满血丝的眼睛看了看小兰，不紧不慢地说。

小兰皱起眉头："要买就买，不买就别乱翻！"

"怎么不买？就买那几本。"他指指书架上的文学期刊。

小兰用审视的目光打量着他：三十来岁，矮矮的，瘦削的脸蜡黄，一头乱发像鸡窝里的稻草；穿一身油迹斑斑的劳动布工装，一副不修边幅的邋遢相。小兰轻蔑地一撇嘴，想：你舍得花钱买书？瞧你那模样吧，有钱早支援酒厂去了。不是小看了你，刚才那一对青年男女，尽管衣冠楚楚，不是也舍不得……

书摊是小兰父亲的，父亲跌倒折了骨头。小兰大学毕业后还没找到合适工作，母亲要她帮父亲顶替几天。她本不想来的，一个大姑娘，站在熙熙攘攘的马路边丢人现眼不说，早上把书摊摆出去，晚上又把书摊收回来就够烦人了。昨晚，父亲给她传授生意经时，说如今爱看书的人虽然还不少，但书店、书摊也多，要她学会察颜观色，恰到好处地把书和杂志介绍给读者。今天刚开始陈列书刊时，就有三三两两的人走拢来，等她把书刊全都摆好后，书摊前便站满了人。做生意的人最怕店门冷落，她一见这兴旺的情景，

先前的不快早消失了。

"请拿《当代》杂志！"

"喂，拿书！"

两个男青年几乎同时叫道。先开口的一个头发蓬乱，身着劳动布工装，用手指指书架。不知怎的，小兰仅仅瞥了他一眼，便把目光投到了第二个人身上。这人颀长的身材，生得眉清目秀，穿咖啡色大尖领衬衫，显得风度翩翩；紧挨着他的是个亭亭玉立的姑娘，鹅黄色的尼龙衫，紧裹着丰满匀称身体，使里面隆起的部位耸得高高的。看他们那亲密的劲儿，小兰断定是一对儿。她突然想起父亲的嘱咐，忙从书架上拿了一本《青年一代》递到他们面前，介绍说："这书好，上海出版的，里面辟有青年之声、青年生活顾问、青年心理探索等多个栏目，知识性、趣味性……"

那姑娘把书接住，漫不经心地翻着。

"喂，再拿几本来！"眉清目秀的男青年挥了挥手说。

想不到来了个大顾主，小兰心里一高兴，连忙又递过去几本说："这些是《青年文摘》、《年轻人》、《自学杂志》……"

小兰挺有兴趣地看着这一对儿书迷，只见他们一会儿看看这本书的封面，一会儿又瞧瞧那本书的封底，转眼间，一本本杂志就翻看完了。

"喂，拿《电影画报》，封面上有刘晓庆的那本。"眉清目秀的男青年又开口了。

"还要《时装》杂志！"姑娘也指着书架。

小兰把书一本本递过去。男青年捧着画报，一页一页看起来，还用肘顶了一下姑娘，姑娘会意，忙把头靠过去，他们都被书中的画页吸引住了。

小兰眉头皱起来了。按规矩，画报是不能逐页仔细翻看的，这里不是租书摊，看完了谁还会买呢？小兰本想说句"这里不是阅览室"，但话到嘴边又改口道："这画报新到的，买一本吧。"

男青年正目不转睛地欣赏一位女明星的艳照，听小兰一说，把书往条桌上一丢，对小兰做作地一笑，轻声对姑娘说："买书？嘿嘿，还不如给你买瓶珍珠霜……嘻嘻！"

"嗯喔……"姑娘撒娇地扭动着腰肢，抿嘴一笑，两人手挽手扬长而去。

小兰怔住了。想不到她的一片热情，换来的却是一句冷若冰霜的话，好像他们不是自己走来，而是小兰把他们硬拖来兜售霉烂变质的水果一样。小兰觉得被人愚弄了，先前的不快一下子又涌上心头。

"拿书，请拿书！"

听到喊声，小兰才回过神来。讨厌！又是那双充满血丝的眼睛！他的身子前倾着，一只手正指着书架。小兰瞄一眼书架上他指的位置，那里陈列着大型文学丛刊：《当代》《十月》《钟山》《青年文学》《芙蓉》……

小兰犹豫了一下，把手伸向书架，手指已触到书刊，但又停住了。她疑虑地回眸一望，说："你买这——"

"对"

"哪一本？"

"每种一本！"

听到回答，小兰十分诧异，随即脸上露出一丝揶揄的笑容。嗨，口气倒不小，每种一本，一本好几元呢！说气话？寻开心？一种姑娘特有的自卫的敏感，使小兰警惕起来。哼，这可不是上一回了，我可不是那种软弱可欺的姑娘！小兰一口气取下五本丛刊，紧紧抱在胸前，挑衅地说："要买，掏钱！"

那双布满血丝的眼睛，瞪得溜圆，贪婪地盯着丛刊，好像看着即将到手的稀罕之宝。

他抱起了沉甸甸的一摞书，刚要离开，又停住了。他想说点什么，嘴唇一个劲翕动着，但始终没有吐出声音来。最后只朝小兰注视了两秒钟，便走了。

望着他傻乎乎的样子和他渐渐远去的背影，小兰心里掠过一丝胜利者的快慰。开始她被人愚弄过，现在她又没好气地报复了另一个人，可说是不赚不亏吧。但这快慰很快就消失了。她突然想起了那双布满血丝的眼睛，就是那双眼睛刚才还狠狠地盯过她一眼。不知怎么的，小兰突然有些胆怯

了。她想:这个人要是是个醉鬼,一时心血来潮赌气买走了书,等一会儿酒醒心明了,转回来胡搅蛮缠怎么办? 想着想着,小兰忍不住又朝那人走的方向望了一眼。

这一望不打紧,倒把小兰吓了一跳。她清清楚楚看见,那个人真的转身回来了,他由五个男青年簇拥着,边走边谈着什么,有两个人还用手指指书摊。小兰知道,这些有着八十年代"野性"的男青年,有时是什么样的恶作剧也干得出来的。为避开他们的视线,小兰垂下头,一边佯装着整理书刊,一边用眼角的余光察看着动静。

他们都围上来了,好像一下子搬来了一堵墙。小兰觉得眼前的光线都暗淡了许多,她的心提起来。

"哈,你这家伙,还真有胆量……"一个压低了嗓门的人突然说道。

小兰的心紧缩着,不敢抬头。

"说说,你怎么敢闯这大刊物?"又是一个男高音。

什么? 大人物? 小兰先是一惊,稍一思索,心里反倒踏实了许多。哼,什么大人物! 不就是你们这些乌合之众的头儿罢了。你们要是敢在光天化日之下寻衅滋事,我就报警,警察饶不了你们。小兰勇敢地抬起了头,她奇怪地发现,这群男青年中并没有人注视着她,而是团团围着那个穿劳动布工装的人,好像一群记者采访一个新闻人物。小兰想:看来他们不是冲着我来的,可是他们说那些话又是什么意思呢?

"唉,别这样……"被围住的人连连摇手,说,"这没有什么,这没有什么了不得的。"

"哈,你别谦虚了,发表了短篇小说还不想让人知道!《青年文学》可是赫赫有名的大刊物哩!"

"是呀,真行! 一定得给我们谈谈创作经验!"

"给我们每人送一本大作呀!"

小兰终于明白了,是她在慌乱中把"大刊物"错听成了"大人物",原来是一群文学爱好者,正在谈论穿劳动布工装的人在大刊物上发表了小说的事。小兰想：真人不露相，还真看不出来呢！好奇心驱使小兰要好好地看看那个人：一身油迹斑斑的工装，一头乱蓬蓬的头发，一双布满血丝的眼睛。他胸前抱着一摞丛刊，不知是尴尬还是激动，那本是蜡黄的脸庞泛上了红晕。此时，他正挤开人群，靠近条桌来了。小兰心里感到内疚，正要走到书摊的另一头去，可他开口了："请再拿 5 本《青年文学》。"

小兰愣了一下，忙去取书。

"呵，本地的杂志也出来了！"他把那摞丛刊放在条桌上，刚把五本《青年文学》接住，又说，"还请拿一本《桃花源》。"

他还买得不够？还要买？小兰不解地看他一眼，又把《桃花源》杂志递给他。

几个男青年争先恐后地从他手里拿到了《青年文学》后，又忙不迭地选购各自喜欢的文学刊物。

一会儿，几个男青年又说说笑笑地走了。

小兰忽然想起了那双布满血丝的眼睛。那可是一双伏案读书、写作而熬红的眼睛呵！他在哪儿工作？干翻砂工还是车工？他姓甚名谁……不过，她又觉得自己的想法很可笑，为什么要知道这些呢？但小兰相信一点，她还会在书摊前见到他……